coleção
rosa manga

ESBOÇOS NATURAIS

cavito

ESBOÇOS NATURAIS

HISTÓRIAS

1ª edição, 2024, São Paulo

LARANJA ● ORIGINAL

para kati

a vida não é simples objetividade nem simples
subjetividade, mas um complexo em que a sábia união traz
a mais comovente e intensa e verdadeira vitalidade

Mário de Andrade

MASI

Olha-a – vê a si por dentro. Seus desejos são simples, complexo é o que o impede. Cede um passo, pois o olhar dela transformou todas em seu olhar, e tudo o mais em uma invenção plausível.

Está diminuindo. Constata que não escolheu suas roupas, estas somente estavam mais acessíveis que as outras. Vergonha. Às vezes se orgulhava de ser despojado dessas futilidades, como a de escolher roupas, mas agora se sentia ridículo.

"Uma bebida?", questiona o barman, ao que responde sim, mesmo não querendo.

Não quer assim, como em tantas histórias, que aconteça por mal-entendidos. A atração física, distribuída ao bel-prazer do Olimpo, o desorganiza por completo, é o que menos domina e quando se vê está sujeito ao incerto. Queria ser um inseto em liberdade com necessidade de interações íntimas – só isso.

Pediu por uma vodca. O que o conduzia era um medo de si mesmo. *Conversaremos? E se o fizermos?* Continuou no encalço dela, mantendo certa distância. *Muitos estão ao nosso lado, como se não houvesse outro – em ninguém.* Em nada, nem uma lateral ou canto que forme ângulo qualquer. *Quais circunstâncias a trouxeram aqui para mim?* Não responde nem questiona a pergunta, pois suas histórias exigem um ar de mistério. Aliás, a ficção consumia boa parte de sua realidade. *E todas essas pessoas o sabem.* Não, ninguém sabe de coisa alguma.

Assume seu anonimato, embora esteja rodeado de gente por todos os lados. Contorna as mesas de bebidas com a vodca mexendo, remexendo e avariando a garganta. Ele persegue aquela moça de olhar penetrante. Cria relações na sua mente. Relações implícitas, em que a ficção reluzia com a intensidade da realidade que ele não se permitia. Fragmentos de luz, como relâmpagos seguindo o pulsar do coração.

Algumas pessoas riem com intensidade, parecem felizes e eu invejo.

Mesas de sinuca, jovens bem vestidos, multicores: captura o sentido da diversão coletiva, mas não perde de vista a moça que se esgueira, distanciando-se dele. Fugindo, mas sem culpa. Ela não imaginou, não o abraçou na fantasia: ao contrário, tinha o corpo mais real que ele já vira.

Mas a distância aumenta e o sentido da perseguição aos poucos se esvai, tal qual a luz que se dissolve no crepúsculo. Identificou um sinal de desespero neste ato persecutório, agora um tanto ridículo. *O jeito é beber*, e volta ao bar. “Uma cerveja, por favor”, diz com voz entrecortada, enquanto vira a vodca remanescente. E ficou ali a beber um diálogo interno. Convenhamos, não só nosso personagem, todos precisamos acalentar com suavidade a ideia que fazemos de nossos sentimentos. Um pequeno parêntese e deixemos claro que este que caminha pelo bar procurando uma companhia nas imagens de sua ficção, quer se acreditar uma pessoa normal – seja isso o que for. Um misto de ser atordoado e recalcitrante que partiu pela cidade buscando uma história. Se achamos que começa a ficar patético, é por estranharmos uma certa atitude humanamente banal: perseguir e acabar se perseguindo.

Então, pelo destino típico das ficções, ela atravessa a sua frente, e como que por mágica (desculpe, leitor) esbarra nele. Antecipo logo que havia intencionalidade nisso, a de uma serpente que sabe chegar sem ser percebida, embora intuída previamente no profundo de um subconsciente. Um riso acompanhou o ato, de musicalidade impecável. Ela diz, eximindo-o do ato penoso de reagir primeiro, "foi mal". Ele rebate com um "imagina, que isso" meio tosco, inaudível. Um segundo que se segue é suficiente para ele estacar sem saber o que fazer. Quando ela diz "e aí cara de onde você é? relaxa vai, está sozinho?", das perguntas segue uma torrente de certezas, concretas como as águas em que agora ele se sente nadar. Um "sim" e percebe-se acompanhado.

Um peso se desfaz, como um relógio de ponteiros acertados, livre pra fazer o tempo andar sincronizado. *Ela me percebeu.* Notando a voz acanhada, ela agarra sua mão e pede para que ele a acompanhe, quer que conheça seus amigos. *Não está sozinha.* Pelo toque da mão ele a sente, a pequena intimidade o situa muito além de sua imaginação. Ele deixa-se levar, por mãos abstratas. O fôlego estava voltando, chegavam à mesa dos amigos, precisava emergir.

Cumprimenta o pessoal com um sinal tímido e os olhos seguem em uma direção ampla. Sentiu que ela falaria algo, mas então tudo aconteceu subitamente. Um cara se levanta em um só impulso e outro lhe esmurra as costas bem no meio da coluna, com as duas mãos fechadas. O atingido envergou o corpo e soltou um grito oco de dor e terror. Daí, uma algazarra. Algumas pessoas se levantaram em fuga, outras estagnaram, perplexas. Os seguranças, brutos, abriram espaço à força para avaliar o que se sucedia.

Ele apenas segura a mão abstrata, que logo busca liberdade em direção daquele que foi golpeado e agora estava desacordado no chão. Dois amigos a interceptam, e a levam para fora. Ele permanece no centro fétido do ocorrido. Mais um pouco e seus pés tocariam na boca ensanguentada ao chão. Toda a cena tinha cor pastel e o sangue que escorria pela boca não parecia mais que mostarda. *Preciso ir para casa.*

Já fora do bar, caminha em direção à moça de rosto abstrato. Quer ficar em silêncio, mas sente o peso da fala. Abre a boca, e ela é plenamente ocupada por um beijo quente, de quem precisa dele. Sentiu o calor dos corpos juntos. Ele não pensava em nada, tomado pelo instante, mas ela passa a pensar em algo que não era ele, preparando a fissura. Então, tudo cessa de súbito. Os corpos se separam. A mão dela, suave e decidida, encosta no seu peito, afastando-o. O som de um tiro irrompe. Ele sente a boca entreaberta no fresco do ar. Absorto, estava perdido em qualquer lugar. Ela agarra sua mão e o carrega para a esquina.

Ao passar pela porta do bar, veem corpos jogados ao chão com as mãos na cabeça e uma pessoa de pé com uma arma na mão. Um táxi passa e ela acena. Ambos entram, ela diz a direção e ele se sente cúmplice de algo.

2

Cama, cheiro e roupas, tudo ao redor de si era estranho; não ruim, apenas diferente. A casa era um quarto ou o quarto uma casa. Um relance na janela e se vê em um apartamento. Talvez um prédio antigo. O espaço ostentava um tom de galpão. Antes poderia ter tido divisórias. Ainda havia fragmentos no teto do que antes deviam ter sido paredes.

E ao seu lado, uma mulher. O nome dela, soube pouco depois, Masi. Que rumos sua vida tomou em apenas um dia! Aos poucos foi recordando o caminho desde sua saída de casa no dia anterior até aquela manhã. Dissonante manhã, assim tranquila – tão distinta da noite anterior.

Uma geladeira velha roncando alto soou como possível salvação para a fome, se sentia fraco. Levantou, mas sem conseguir sair da esfera de atração que o corpo de Masi, ao seu lado, criou. Observa com atenção a pele, os contornos. Seus cabelos longos sobre os ombros acima do lençol. Seu rosto, enfiado no travesseiro, revelou um perfil delicado de quem pode ser moça ou mulher.

A geladeira parece que não servia há tempos; quase vazia, só oferecia restos de bolor. Sentou em uma cadeira e no reflexo do gorduroso vidro do fogão pôde a observar, como por um filtro que a tornava parte de algo menos real que sua fome. Precisava formar um plano para o café da manhã. *Se eu saio, a porta pode estar fechada quando voltar*. O risco não era aceitável, só restava esperar.

Compenetrado buscou nos acontecimentos trágicos e delirantes da noite passada, algum sentido. Mas lhe pareceu que qualquer sentido só poderia vir dela, se ela falasse sobre. Ele não deveria constrangê-la. O que queria mesmo naquele momento era beijá-la. Mas é como oferecer isca a um peixe: se ele não fisgar o que lhe sobra além do patético? Ele passa a acariciar os cabelos e os pensamentos seguem seu curso. Logo, ela abre os olhos, o sorriso e os braços.

"Você ainda está aqui! Como é bom!" diz ela. *Não sairia por nada*. Se levanta docemente, afastando o lençol e desvelando o corpo nu. Busca na arara roupas, e as veste suavemente. Ele a contempla. Não seria honesto desviar os olhos; o olhar demanda respeito. "Que fome, Deus!" diz com leveza. E ele, que vinha se aconselhando a não se entregar inconsequentemente, considerou não ser mais necessário.

Ela vai ao banheiro, deixando a porta entreaberta. Lava o rosto e escova os dentes com uma naturalidade que não se encontra em qualquer conto por aí. "Acordou faz tempo?" Ele responde que não. A conversa a seguir gira em torno do que fazer com a fome, "acabei ficando sem um tostão". Não falou nada sobre a noite anterior. Enfim, ele propõe tomar café em algum lugar. Lá se vão eles em escadas que jorram a pessoa prédio afora. Cambaleantes, os dois caminham até um lugar qualquer. Não demora muito e ele se entrega à leveza da condução de Masi.

Seus sentidos, nesse pequeno trajeto, se resumem a ela que, em contrapartida, percebe muitas coisas: o trânsito florestal, o mormaço pressionando-a ao chão, o suor dele encharcando a camisa. No ínterim, se apresentaram e falaram de coisas banais. Após quatro quarteirões e um cruzamento chegam a um típico boteco paulistano.

3

"E, aí? O que você faz da vida, além de ir a barzinhos como o Duks", ela pergunta.

"Nada demais. Estudo, desenho, dou minhas voltas, e é isso."

"Interessante. E estuda o quê? Espera, deixa eu adivinhar...", especula confiante, "arquitetura?"

Ela não falou administração.

"Não! Letras. Mas gosto de desenhar. Quase acertou. Faço alguns rabiscos, e até vendo uns deles por aí. Pra conhecidos, é claro."

"Olha só! Demais! E namorada?", me custa admitir que ela estava algo entusiasmada.

O diálogo seguiu, mas com esse pequeno enxerto já entendemos a coisa. Conversaram bastante em um ambiente de copos americanos, bafo de fritura, bancos de madeira e bolor em cada lajota branca. Ele foi conduzido por uma boca flexível, um falar leve e despreocupado. Masi o deixou confortável e ele inferiu dessa modéstia uma expressão de afeto.

O retorno ao apartamento se deu como um barco de velas recolhidas. Os delicados tecidos da roupa de Masi desenhavam seu corpo ao vento. Era pura espontaneidade e nada parecia incomodá-la.

Subindo o primeiro degrau do prédio, suas mãos tocam a dela, como que sem querer. O momento é atravessado por um alerta. "Está tarde. Quase na hora. Vem comigo em um lugar aqui perto? Podemos conversar um pouco e depois tenho que fazer uma coisa."

O puxou como a um peão que desenlaça do cordão, ele dança, reconfigurando o olhar, e se vê em outra direção.

Ele queria aprender com ela a fluidez da vida. Masi falava muito de si e não fosse a mão dela sempre o puxando para a frente ele a julgaria difusa e vaga; porque mesmo com o tanto que ela disse, rememorando depois, não conseguiria formar um único quadro estável sobre ela. Por ironia, naquele momento fugaz, sentia conhecê-la bem. Na mente não há restrições: quanto mais assistimos a fantasia da realidade mais nos entregamos a criar e, ao mesmo tempo, mutilar o real em uma carnificina intermitente. Mas a realidade é orgânica e sempre sobrevive aos golpes dos meninos que desmembram lagartixas.

Suas roupas estavam grudadas no corpo suado, mas as dela eram tão soltas e livres quanto as palavras esquivas das quais ele depois não se lembrava. Rolaram na grama da praça, riram quase até chorar, e a força da atração só aumentava. Ela se jogava e ele acreditava a segurar.

Chegou a hora de Masi resolver suas questões. O dia escurecia. Ele se esforçou em espairecer a mente, mas não pode evitar a memória daqueles estranhos acontecimentos a qual ela não fazia referência e ele tampouco a ousara lembrar.

Ouviam-se os ruídos da cidade em linha melódica declinante: os passos voltavam do trabalho às casas e logo, na caminhada, um pouco de silêncio se fez presente. Um silêncio conveniente à situação. Na teia do indefinido se fazem as conexões.

Estão na frente do prédio. Ela pede que ele fique e espere por ela, que não demora. A expressão resoluta de Masi ao se afastar o fez estremecer e uma ponta de arrependimento o deixou atônito.

Tudo gira ao redor do peão que ele agora visualiza. Desta vez as mãos guias de Masi não impedem a vertigem e ele se sente cair. Assim ela se vai e ele fica.

Passados vinte e dois minutos ele ainda está na frente do prédio, sentado na guia. Era um introspectivo metrônomo a funcionar debaixo d'água. Qualquer movimento de luz ou som que descia do prédio era uma respiração a menos, sem chance de reposição.

Um táxi estaciona ao seu lado, não desce ninguém do veículo. Após 30 segundos, Masi desponta no hall do prédio. Quase correndo, o pega pela mão, entrando no táxi, que sai imediatamente. Ela não disse o endereço e o táxi parou em frente ao apartamento. Ele estava atordoado, tímido e mudo.

4

O plano era simples. Masi enunciou: "vou resolver umas coisas, fique à vontade, a chave está na porta". Essa coisa de "resolver" o colocou em alerta. O ar de mistério agora em nada o seduzia. A despeito de ficar encabulado dela não lhe contar bulhufas, se viu capturado pela sua magnífica postura de quem controla o Universo em todos os seus mundos. Se despediu com um beijo. O beijo, longo e alentador pedia-lhe calma. A porta fecha. Ele escuta os passos se afastando, enquanto tenta se recompor.

Estaca como bobo no meio do apartamento, tentando inferir algo daquele vazio absoluto. Segue difícil encadear pensamentos. Afrouxa os pulsos, mexe as pernas, decide se alongar. Mal começa e perde a contagem dos segundos. Contrafeito, se joga na cama novamente. O tempo passa e o esforço para não pensar começa a cansar. Os músculos tesos pedem alívio. Mas a resposta é não. Ele é uma flor a murchar. Vamos aos jogos.

O jogo da gota. Forma-se com dois integrantes: ele e a gota. Ela cai, ele ouve. Ele a imagina correr depois da queda, subindo para se lançar novamente. Quanto tempo demora a subir? Eis a questão. Construía histórias de barreiras que tentavam impedi-la de subir. Um amadurecimento para sua inflexível obstinação.

Isso passou o tempo, mas não o elucidou. Masi não se dissipou dos seus pensamentos. Queria cuidar dela, mas parecia que ela não precisava disso. Fecha a torneira da pia, fim de jogo.

Foi ao banheiro. Pela primeira vez entrava no que poderia ser uma miniatura do universo de Masi. Dizem que podemos conhecer alguém pelo seu banheiro. Abre a porta, mas quis acreditar que com Masi não se aplicava tal regra. Este banheiro não é ela. Uma lástima, cremes, estojos e outras tralhas entulhadas numa pia pegajosa, eram as únicas coisas naquele ambiente sujo e encarcado. Uma exceção, sem dúvidas.

Abre o chuveiro e a água escorre amarelada, com odor de ferrugem. Quão bem lhe faria um banho quente! O barulho estridente do chuveiro o incomodou, mas esquentava bem. O calor da água fundiu em seu cérebro conjecturas sobre Masi e quando estas se esgotaram ele se perguntou o que de fato fazia ali, naquele quarto, naquela história. Sobreveio a imagem de um esboço de desenho que deixara no seu quarto, em cima de sua escrivaninha. Queria desenhá-la, e precisava ser agora.

Não encontrou toalha. Saiu pingando pelo quarto até a cama, agarrando a intuição para que ela não fuja. Nas gavetas do criado encontra pedaços de papéis e lápis. O chuveiro pinga, mas não há espaço para jogos mortos.

Novo jogo: o desenho. Nu, se pôs a desenhar nos papéis que encontrou os detalhes de Masi. Papéis retalhados e rabiscados, por uma letra que deveria ser a dela, e destes rabiscos se originaram partes do corpo de Masi. As pernas delicadas, os pés, os ombros, o que se lembrava traçava no papel.

O chuveiro já não pingava, chovia. Mas continua atrás dos traços de Masi. Seu próprio corpo nu embaralhou as linhas. Temia se esquecer dos detalhes mais luminosos. Estava angustiado, passaram-se horas, algo lhe dizia que ela não voltaria e a mesma intuição lhe cobrava que não perdesse seus traços.

A água do chuveiro caía como tempestade. O jogo estava mudando, chegando ao fim. Fecha os olhos tentando recuperar a expressão daquele rosto delicado que poderia representar sua singeleza, aquela leveza que o acalmava, e adormece com lápis na mão. Ao som da água a inundar o banheiro, ele dorme pela frustração do esvaziamento de sua memória morfológica.

Sonhou que acordou úmido e com frio. Ao som dramático da água caindo em abundância, ele não consegue se mover. Sente que o seguram pelos braços. Está no centro de uma avenida e há centenas de mulheres à sua volta, rindo. A água sobe e atinge cerca de quinze centímetros do chão, logo chegaria a sua inspiração. Imobilizado e prestes a se afogar, acorda.

Se encolhe com calafrios. A água do chuveiro no banheiro persiste. Em um rompante fecha o registro, apertando-o com força. Cessam as águas e o silêncio revela sua respiração acentuada.

No quarto, os desenhos pelo chão, espalhados pelo vento que assolava o apartamento de janelas abertas. Examina-os meticulosamente, rasgando um por um: não era ela.

O som da cidade que penetrava o quarto, até então ausente, passa a dominar sua percepção. Masi estava na cidade. Ela poderia estar em um desses carros, ou motos, bicicletas. Fechou os olhos e ouviu concentrado todos os sons daquela paisagem. Um deles poderia ser de Masi. Mesclando-se a esses, discerne neles seus sons internos, seu fluxo sanguíneo, sua saliva. Pensou ouvir a reverberação de sua caixa torácica. Seu coração é o tímpano da cidade. Tentou fazer dessa sinfonia um maestro aos seus pensamentos. Na verdade, a cidade lançou sua teia sonora e nela ele se enroscou; agora seria devorado.

Pela janela avista um carro na frente do prédio. Uma moça desce e bate à porta com força. Não é ela. Volta lançando-se sobre a cama. Escravo, novamente corre para a janela após outro som de motor. Um motoboy.

A cidade não lhe entrega Masi. As esperanças apodrecem, frágeis desde sempre. Os traços dela se anuviam, sua memória se embranquece. A cidade o fisgou no seu próprio problema. O jogo da mosca na teia durou horas, o mais torturante em que se meteu. Um motor em ponto morto e ele morto na janela.

Os sons desta vez se aglomeravam. Eram vários motores na frente do prédio. Com receio, olha a janela abaixo e avista quatro carros de polícia. Os policiais entram no prédio, com armas nas mãos. Ele passa da perplexidade ao horror. Sai ou fica? Corre até a porta e abre. O medo o subjuga. Comprimi os lábios, passa as mãos no rosto, molhando-as de suor. Fecha, tranca a porta e desce o primeiro lance de escadas. Delas, um intenso movimento sobe. Simula sair de uma porta qualquer e os policiais passam por ele, mirando a escadaria acima. Seus lábios tremem. Ouve baterem na porta. Falas atravessadas, indistinguíveis. Ele continuou a descer sem olhar para trás. Um eco ressoou, arrombaram a porta. Ele, se distanciando, ouvia pouco e logo mais nada. Só sente um gosto salgado na boca.

KÁTIA

Meu nome é Kátia. Kátia, porque minha mãe quis. Pois se ela quisesse poderia ser Giovana, ou Sara. Mas ela quis me chamar de Kátia. Quando nasci, dizia minha mãe, eu tinha cara de boneca. Claro, a parte ser isso um elogio ou não, tenho muito carinho pela forma que ela dizia isso. Nos dias que passamos juntas ela me falava muitas coisas que não me lembro mais. Porém, ficou marcado aqui dentro o seu tom de voz. A vida é assim: repleta de coisas que achamos que são para sempre. Ela é uma delas. Eu me lembro que costumava acreditar no que sentia, e me seduzia crer que poderia definir sentimentos. Lembro-me sempre do que uma amiga de infância dizia com os olhos cheios de lágrimas, *Você acabou com minha vida!* O caso que antecede esse comentário desesperado é exemplar. Em uma cidade distante muito muito muito afastada da sensatez humana chamada São Paulo, duas meninas brincavam de boneca. Tinham características bem definidas: uma bonita e a outra esperta. A bonita paquerava os mocinhos, a esperta não tinha coragem. A esperta compreendia as ciências apresentadas na escola, a bonita fazia cola. A esperta certo dia conseguiu alguém que lhe servisse de namorado. A bonita, contrafeita com as notas baixas, roubou o seu namorado. Mas a vida não continuou a tratar essas meninas de forma tão previsível assim. Lembro até hoje da alegria que senti ao ouvir dela: *Você acabou com minha vida!* No geral, a vida das pessoas segue um rumo bem definido. Isso é tanto natural quanto idiota. Que as mulheres são banais em sua maioria, eu sei. Os homens também. Mas eu ser bonita e desejada não testifica que eu seria fútil o resto de minha vida, como reza a etiqueta. Eu fiz questão de desviar meu caminho. Sim, tudo puxa pra lá, é verdade, mas se fizermos questão, podemos ser outra coisa. Sou prova viva disso. Alterar o rumo, navegar em outros lagos, rios e, por que não, outros mares. Eu sei, eu sei... mudar da água doce para salgada pode ser pretensioso. Bom, poucos são pretensiosos, o que é uma pena. Mas, e se fossem? Hoje em dia, que é moda ser incomum, o comum é muito incomum, certo? Todo mundo diferente de forma igual não é algo tão criativo. Conheci um menino aos treze anos que se chamava Pedro. Me sentia bem ao lado dele. Não me sentia burra. Coitado, sabia menos que eu. Pedro sentia que não me merecia, e eu gostava, ah! Como gostava disso! Tive vários homens em minha vida, quase todos cultos e inteligentes. Mas foi com Pedro que eu me senti melhor, mais plena. Nunca nos beijamos, mas uma vez tocamos nossas mãos. Essa sensação também está registrada e guardada. O sentimento de bem-estar e calafrio. Receio e conforto. Sobriedade e loucura. E poucos segundos disso na minha carne juvenil construiu a minha utopia de vida. Utopia essa que, como qualquer outra, é uma esperança para seguir adiante. Resgato minha mente de criança ao enfrentar decepções. *Refugiar-me em um passado distante para me distanciar do presente desagradável.* Um lema que inventei. Lembro-me sempre com carinho dos medos que eu tinha quando criança. Na rua em que cresci, uns duzentos metros rua acima, existia uma vila. Ou melhor, um corredor estreito, com um ar úmido, e um sem-número de casas socadas, abarrotadas, disformes, ladeira abaixo. Pequenos, esburacados e tortuosos lances de escada, eram vencidos em velocidade pelas crianças que lá moravam. Crianças tão sombrias quanto suas residências, e, por que não, existência. Os gatos, cinzentos, dançavam uma melodia de Nino Rota (sim, conheço Fellini) subindo e descendo aquelas escadas amaldiçoadas. Os postes de luz noturna só emitiam o reflexo da lua, isso quando não desabavam. Toda noite que passava por ali, me imaginava deslizando, como se a rua fosse transformada em gelo e um par de patins fossem postos em meus pés, assim eu passava entorpecida mediante a pressão que esta vila exercia em meus pesadelos. Hoje faço a mesma coisa: deslizo. O que vejo em minha vida é a repetição pura. Até na sua lógica mais esdrúxula: quanto maior a felicidade, maior a quantidade de fantasia. Engraçado é que, mesmo quando há sofrimento, reprisar memórias traz uma sensação boa de querer viver. Certo garoto, na rua de baixo de onde eu morava quando criança, gostava de chatear todas as meninas que moravam no bairro, em especial minhas amigas. Todas, sem exceção, detestavam tal menino e eu sentia alguma atração por isso e, consequentemente, por ele. Não se importava com nada. Se todos à sua volta o odiassem, não lhe faria a menor diferença – como não fazia. Administrava uma vida solo, bastando a si mesmo. Independente de qualquer coisa que pudessem lhe fazer, seria feliz. Seu querer, desejos e ações não dependiam dos outros. Foi uma lição de vida para mim. Egoísta? Sem dúvida, mas ao menos longe das falsidades. Tal universo tanto me atraiu que não resisti a tentação: queria provar um relacionamento com ele, mesmo que isso me custasse, como custou, muitas amizades. Foi uma catástrofe, mas aquela liberdade marcou com ferro quente minhas memórias emotivas. Um ano atrás fiz questão de visitá-lo em um quarto, perto daqui. Ao me deparar com sua atual situação, quase arrisquei minha liberdade. Não o vejo mais e continuo com meu pior defeito, que é se preocupar demais com o que os outros pensam. Isso absorve meu ser como uma esponja absorve água. Pensa na vontade de apertar a esponja! É tão cansativo viver para ser aceita. Viver para ser amada. E pensar que as pessoas vivem assim porque isso faz parte da tal estrutura da sociedade. Quando descobri o comunismo fiz dele o sentido da minha vida. Como eu pensava que seria a horizontalização de tudo, queria a revolução, a imposição da igualdade. Ah, estar submissa a isso me aliviaria tanta coisa! Entreguei-me a atitude: me aliava a qualquer movimento que fosse contra a tal da sociedade. Essa sociedade que vive para agradar outros e que é alienada da essência de tudo. Mas não durou muito meu fervor no comunismo, logo fui atrás de outras religiões. E para encurtar a novela: percebi que eram todas a mesmíssima coisa. Daí, quando eu estava preparada para lançar minha cara contra o concreto, descobri a arte. Percebi nessa forma de expressão algo que me lembrava aquele menino da rua de baixo. Não à toa, logo vi a arte tomando o mesmo rumo do menino, o hospício. Mas o Caminho devia estar certo! O Alienista exemplificou o que Kafka alertou: *somos todos acusados*. Entendi que Bosch desenhava o futuro, e não acreditando em nada: acreditava em tudo. Aí estava o embrulho. Quanto mais chorava, mais me sentia capaz de fazer arte, mais me sentia dentro do enrosco do mundo. Não queria estar na superfície, mas dentro de uma esfera subjetiva. Dentro sim, mas bem dentro: distante – quanto mais melhor. Talvez nas estrelas, sem medo de ser romântica. O *demais* sempre é bom. Como nos dias em que tomei caixas de faixa preta. O ultra sonho de adentrar o caótico mundo dos excessos. Hoje, drogas é o cotidiano. Quando se toma veneno é diferente, a ilusão não chega até nós pois a ação é por demais concreta. Mas, remédios e suas caixas dão a intenção da ficção. Uma deliciosa incursão no mundo do caos e sentimos a fragrância de não poder mudar o mundo, e não sentir culpa por isso. Não, a tal da culpa não aparece: nem a de causar preocupações aos tolos nem a de dar trabalho às pessoas que mais dizem querer nosso bem. No fim, tudo soa ridículo, e nos libertamos outra vez. Às vezes me pergunto se seremos julgados pelos impulsos. Eu preservo a vitalidade de meus impulsos. Como o impulso de fugir agora deste lugar que me aprisiona. Sim, eu digo a todos: eu me arrependo! Mas preferem continuar surdos. São os donos da vida. Se acham superiores. Mas tenho amigas aqui. Eu as ajudo a enxergar a realidade. Eles poluem o cérebro delas, algumas deixam, mas nem todas. *Diga a Katinha que esqueça da revolução, e que fascismo aqui não existe não.* Pensam que eu não sei o que eles planejam, se acham poderosos e acreditam que podem controlar o que eu penso. Só quero que me ouçam e eles me violam. Ainda faço arte. Aqui todos gostam. Nem sempre desejo sair daqui, só não suporto a opressão. Aqui penso o mundo. Também vejo o mundo daqui. Mandam mensagens minhas para fora, como esse breve depoimento que estou terminando de escrever. Quis contar minha vida. Acabei não contando direito, deixo meus sentimentos deturparem o que escrevo, mas não me darão outro papel. Por último, quero dizer que tenho sentido o cheiro de vocês. Está cada dia mais forte. Meu olfato é muito sensível, não tem igual. A poluição está aumentando e a densidade química também. É esse cheiro do mundo aí fora que me tira a vontade de sair. Aqui a realidade é mais minha. E no fundo acho contraditório fugir da própria casa.

A FOZ

O som agudo dos freios o acordou. A luz interna se acendeu e os poucos passageiros começaram a se movimentar, alçaram as bagagens e formaram fila diante da porta. Ao abrir, o ar rarefeito se misturou com o mormaço interno, o dia começava a se impor.

Com exceção desse único veículo e seus passageiros, que logo perdeu de vista, a rodoviária estava deserta. Desceu em direção ao prédio mas logo parou, não tinha por que entrar, as voltas do pátio não havia muros, sequer grades, a estrada estava acessível logo à frente. Seguiu por ela.

Levava na mente um mapa e no bolso uns rabiscos. A rodoviária foi construída no topo de uma grande colina. Seguindo a estrada que circundava o pátio, desceria o morro, alcançaria a orla do mar e depois de meia hora caminhando estaria diante do prédio. Com a mochila nas costas, seguiu pela estrada sinuosa, levemente ondulada.

O trajeto cortava campos limpos, com árvores despontando nas regiões mais baixas. Na medida em que a estrada declinava, o ar denso que subia estabelecia contraste com aquele rarefeito que estava às costas. Ao contornar a última curva do longo desnível, chegando a uma estreita planície, deu de cara com enormes rochas espalhadas pela fina faixa de areia e o continente encontrou o mar.

A água era de um verde-escuro de musgos e as rochas, cobertas deles. Eles se deixavam levar, pairavam e se decompunham no mar. Não fosse o cheiro fresco que remetia à vida poderia confundir sua aparência com a do esgoto citadino: o turvo das águas, a densidade do ar e a complexidade dos odores, de húmus a madeiras.

Seguindo pela estrada da orla, encontra uma região plana de restinga baixa. Quase não avista casas e quando acontecia era a uma boa distância, camufladas entre as árvores, nos vãos das colinas que se erguiam e se impunham uma após a outra. Mais adiante e o urbano foi se caracterizando, logo surgiram ruas, quadras e alguns prédios. Em dez minutos, os prédios baixos dominavam a paisagem, marcada por uma última colina: acentuada, impávida, onipresente. Aos pés dela, a região central da cidade e nela o prédio que procurava.

Um edifício de cinco andares, localizado na quadra três, em frente à orla. Embora fizesse parte da região central, essa quadra de frente para o mar sucumbia à sombra da colina suntuosa. Entrou sem hesitação na construção de tijolos à vista, típico da região, que transbordava objetividade.

"Onde posso me informar sobre os cursos?", perguntou.

"Aqui mesmo, Senhor", disse-lhe a recepcionista de crachá branco inscrito Simone. De traços suaves e ligeiramente bonita, ela o informou que tudo que ele necessitasse poderia obter na recepção, sem necessidade de entrar nos aposentos dos cursos, até mesmo o desaconselhando a isso, "poderia atrapalhar as aulas".

"Meu sobrenome é Silva", disse ele, enquanto ela procurava com atenção no sistema a listagem dos cursos e seus participantes.

"Senhor Silva, posso lhe afirmar que o senhor é muito apressado. Seu curso começa só amanhã", tentou um gracejo, mas de corte seco.

"Vim de longe, precisava chegar com calma pra me preparar", observou ele, "aliás, compraram pra mim a passagem, não me perguntaram nada. Bem, de qualquer maneira, eu preciso saber como é esse curso, pois me disseram que eu tinha que o fazer, e nada mais."

"Como eu disse, o Senhor é ansioso. Senhor Silva, seu professor chegará de noite, mas vai estar cansado precisando descansar. Amanhã de manhã ele estará aqui. Seu curso começa, deixa eu ver", procura no sistema com os olhos pequenos, as letras eram minúsculas, "às catorze horas". Ela o presenteou com um simpático e falso sorriso de tchau, que dizia: não posso fazer nada, retire-se por favor.

Saiu do edifício. A rua estreita lhe impunha o peso das sombras da colina. A geomorfologia daquela região o intrigou. Desejou dar uma volta e conhecer melhor o entorno, depois iria para o hotel, que ficava atrás da grande colina. Não sabia como chegar lá, mas não importava. Os dois lados do morro deveriam dar acesso. Como seguia a orla, foi em frente, contornaria pela região central.

Na curva, uma quadra após o hotel, avistou mais uma colina a uma boa distância, depois das águas. Naquela altura o mar ganhou tons verde-claro que se misturavam a pequenas manchas escuras, de formas variadas, de textura viscosa, oleosas. Na medida que fez a curva viu claramente os contornos das duas margens que formavam o rio. Compreendeu então que era uma foz. O largo rio se esparramava no oceano bem naquela esquina, era impossível avistá-lo a uma distância maior por conta dos prédios. Morros florestados formavam a outra margem, com campos abertos apenas ao topo. Do lado de cá da margem, os prédios, rasteiros de quatro ou cinco andares, continuavam em uma densidade homogênea a perder de vista.

Contornando a grande colina conhecia-se a região central, e atrás dela, os hotéis. Passou por prédios, alguns tinham comércios no térreo. Notou restaurantes, lojas de roupas, uma livraria e salas comerciais diversas. Todas as ruas na margem do rio que se adentravam ao pé da colina eram largamente arborizadas e sua vegetação madura, composta de indivíduos altos e imponentes, hospedava diversas espécies de orquídeas e bromélias. Nos pequenos vales, como ele pode verificar ao caminhar, surgiam aglomerados de cipós que desciam das árvores beirando as calçadas, fechando o interior da mata em um breu impenetrável.

Notou que não havia carros, mas de tempos em tempos passava um ônibus, eles corriam a margem do rio em direção à orla do mar, e vice-versa. Vinte minutos depois, no caminhar lento de quem está explorando um lugar inesperado, chegou na rua do hotel que iria se hospedar, como conferiu em suas anotações. Um hotel antigo vermelho ocre, uma escada íngreme, que dava acesso direto ao primeiro andar e a recepção.

"Boa tarde. Tenho um quarto no meu nome. Silva."

"Verificarei, Senhor." No computador à sua frente, vasculhou o sistema e não tardou a encontrar. "Número dezoito."

Concluiu que se tratava do primeiro andar, quarto oito. Mas não havia quartos naquele andar. Veio a descobrir, percorrendo longa e repetidamente os corredores sinuosos, que os seus aposentos ficavam no quarto andar, o penúltimo do prédio. Os quartos não seguiam ordem, ao menos não uma compreensível pela sua intuição. Por algum motivo isso lhe pareceu impositivo.

O quarto era pequeno e tinha apenas uma cama. Era algo que se esperaria de um quarto para crianças. Cama de solteiro bem abaixo da janela semiaberta, um ventilador no teto, um armário de prateleiras e gavetas para utensílios diversos. E um pequeno acesso ao banheiro.

Desfez a mochila, havia trazido pouco, mas o necessário para um curso que não deveria se prolongar demais. Passou algumas horas lendo e pensando em intervalos regulares, e se deitou na cama para descansar, a viagem e o calor o deixaram exausto. Fechou os olhos e sentiu o cheiro de húmus entrando pela janela. O curioso cheiro da foz dominou seus pensamentos antes de adormecer.

Acordou ao anoitecer. Jogou água no rosto, facilitando o despertar, e olhando pela janela deslumbrou os contornos dos morros, como barreiras negras sobre a qual a noite desce, desenhando sombras matizadas por trás das luzes urbanas. Resolveu ir encontrar algo para fazer na rua.

Quis voltar ao prédio do curso. O professor ali estando poderia lhe dar alguma informação e no caminho de volta aproveitaria para comer alguma coisa. A caminhada não durou quinze minutos, por todo o percurso dominou o silêncio. Ouvia apenas o vento, que resvalava nas águas trazendo contínua umidade para o ar. A presença desses corpos aquáticos, mesmo na escuridão, assombrava a terra firme.

Chegando, se deparou com um prédio sem vida, com as luzes apagadas. Mas um movimento na lateral do prédio chamou sua atenção. Reconheceu Simone, a recepcionista, junto com duas moças.

Vendo-o, ela sorriu e se adiantou. "O moço Silva! O que está fazendo perambulando por aqui?"

"Vim ver se o professor chegou. Quero trocar umas palavras com ele", disse, sabendo que seu plano estava frustrado.

"Mas por que eu fui falar que ele viria?! Venha amanhã às duas da tarde, no seu horário", e logo estava adiante acompanhando as amigas.

Encontrou um lugar para jantar nas redondezas, modesto e limpo. Escolheu uma mesa e ao atravessar o refeitório se deparou com um rosto familiar. Chegou perto e reconheceu Leandro, um amigo dos tempos antigos.

"Leandro, você mesmo? Não posso acreditar, como te encontro assim, aleatoriamente?", perguntou com vívida surpresa.

"Muito tempo, muito tempo mesmo! Como é bom te ver!",

disse Leandro com certa animação eletrificada, seus olhos se moviam rapidamente, “mas como é que fomos nos encontrar assim? Eu, a bem dizer, acabei de chegar. Vim pra fazer um curso aqui perto, não devo ficar mais que duas semanas. E você, o que faz por aqui?.”

“O mesmo! Um curso também. Não me pergunte do que, ainda não entendi bem, mas amanhã devo me informar.”

“É na quadra três?”, perguntou Leandro, curioso.

“Isso mesmo, e o seu também? Que coincidência! Quanto tempo que não te vejo. Fui morar longe e dá nisso. Mas me conta, como você está?”

“Bem, muito bem. Quer dizer, ia bem. Agora me mandaram pra cá, vamos ver como fica. De qualquer maneira, sabe como sou, logo me viro.”

“Entendi. Eu tenho receios, sou mais devagar para me adaptar. Não consigo trabalho estável, fiquei um tempo assim nas vagas e agora vou ver no que dá.”

O jantar foi servido e continuaram a conversar, colocando os detalhes nos casos e casos nos detalhes.

Leandro falou de seu casamento. “Ela é boa, sabe. Foi mais por motivos práticos, no começo, ela queria sair da casa dos pais, uns crápulas. Ou, pelo menos, hipócritas, como ela diz. E eu precisava passar a imagem de um homem de família, além de, claro, ter alguém pra conversar, aquela coisa toda. Ela morava com os pais, eu já tinha um aluguel e alguns móveis. Ela foi pra lá e ficou. Os pais nem reclamaram do sumiço. Não foi bem um sumiço, ela disse algo para eles ou gritou da rua, não sei bem. Até hoje eu não precisei conhecê-los, graças a Deus”, seguiu contando como foram aos poucos gostando mais um do outro. E terminou por contar as fugas, "todo relacionamento, claro, tem seu lado maçante, às vezes precisamos dar aquela escapada".

Desconfortável, Silva se arruma na cadeira, "entendo e não entendo. Não sei bem, mas acho que cada um sabe o que faz. Eu não casei. Nem pensei sobre isso, ou não apareceu ninguém", dizia de maneira preguiçosa como tentando achar algum pensamento, "depois que mudei com minha mãe, fiquei ainda mais na minha, continuei fazendo as coisas que gosto, de certa maneira, mas aquele fôlego juvenil não tenho mais. Mudei minha opinião sobre essas coisas, e ainda me parece tudo incerto", quis concluir, implorando por outro assunto, mais objetivo.

No decorrer da conversa constaram que não tinham muito mais o que falar, embora todo o tempo sem se ver desse a cada um, evidentemente, um acervo de casos, estes, como constataram, não eram assuntos para conversas que quisessem ter. Entre silêncios continuaram como deu, enquanto jantavam.

"É difícil, precisa estar sempre atualizado. Eles não gostam quando a pessoa fica perdida, tem que ter foco. E se atualizar é mudar de foco, então é como se precisasse ter o tal do foco mas sem muito apego a ele, disposto a mudar quando necessário, quando alguém te fala, dá um toque", Leandro falava sobre o trabalho, envolvia tanto a vendas de equipamentos de informática quanto a sua assistência técnica, porque as marcas muitas vezes eram novas e apresentavam defeitos, as vezes vendiam produtos de segunda linha e a coisa sujava, o prejuízo era maior quanto o produto se revelava pior do que suspeitavam. "Piratear tecnologia de ponta é um troço complexo", disse ele.

"Esses cursos servem de atualização, não? Eu não sei, mas acho que pra mim será mais uma instalação. Preciso saber logo do que se trata", lamentou Silva.

"Não se preocupe, querendo ou não a coisa acontece, passa e a vida segue", finalizou o prato correndo, justificando que queria otimizar seu tempo.

Saindo do estabelecimento, Silva deduziu que os hotéis de ambos ficavam na mesma direção. Como se voltou para a direita e viu Leandro se afastar para a esquerda, o questionou, "vai para o hotel?"

"O meu é pra cá", disse.

Acordou entorpecido com o calor, naquele estágio do dia o ventilador de teto não resolvia nada. A noite foi longa, demorou para dormir perdido em pensamentos. Agora desperto, os pensamentos se foram e sobrou-lhe a ação. Se arrumou e desceu, restavam alguns pedaços de pães secos do café da manhã, servido há muito. Um café morno ajudou a preencher o vazio.

Precisava de um caderno e lápis, pensou, e foi atrás de uma papelaria. Havia uma nos bairros, como o informaram no hotel. Tinha tempo e então seguiu caminhando para observar a região cujo acesso era por uma fenda estreita feita em grandes rochas graníticas. Além delas, os prédios cessavam, e casas apareciam esparsas. Logo encontrou a papelaria e mais umas três vendas diversas na quadra, que pareceu o coração do bairro, dali em diante teve certeza não haver mais comércio, tudo se rareava. Desta planície não se via nem rio, nem mar. O vento não mostrava as caras por lá e teve dificuldade de respirar.

Escolheu um caderno simples de capa dura e dois lápis. Era o mínimo para estar preparado para um curso. Refez o caminho para retornar à avenida beira rio, no bairro não havia mais nada a se conhecer, o que foi um alívio, pois na beira rio o ar, mesmo carregado de umidade, se fazia como brisa. As nuvens fechavam o firmamento sem permitir a luz direta, tudo era cinza. A beleza do verde translúcido das águas se escondeu no clima sombrio, feito de nuvens e colinas fechadas. As manchas escuras no rio adornavam um ambiente triste.

No caminho do curso, almoçou em um restaurante comum e relativamente cheio. A comida estava decente, o supriu do necessário. Enquanto almoçava teceu algumas observações prévias ao curso no caderno recém-adquirido. O que seriam essas observações senão expectativas? Escreveu abaixo de frases sem sentido.

Chegou no prédio às treze e meia. Simone não perdeu a oportunidade de censurar sua antecipação. Recomendou esperar lá fora, pois havia pouco espaço na recepção.

Saindo, viu um casal bem jovem, ambos pela faixa dos vinte e cinco anos, estavam de mãos dadas e se dirigindo à porta de entrada. Observou à distância e viu Simone gesticulando para eles, e eles se entreolharam como que decidindo o que fazer. Por fim, saíram e atravessaram a estrada, subiram em uma grande rocha, dentre as várias que se dispunham à beira-mar, procurando um lugar seco e livre de musgos para se acomodarem.

Ele ficou os observando à distância. O casal namorava, beliscavam beijos e carícias meigas. O dia ficou mais interessante, pensou Silva. Gostava da tristeza emitida pelo clima verde cinzento, mas o contraste deste com aquela felicidade banal deixou tudo mais belo.

Quando se deu conta, tinha passado das catorze. Na recepção encontrou um grupo de sete pessoas. Simone, tranquila, disse a todos que precisavam esperar pois o professor ainda não havia chegado. Silva imaginou que a espera deveria ser curta, imprevistos entre o hotel e o curso não deveriam causar grande impacto.

No geral, o grupo não se importou com a notícia e as pessoas apenas se posicionaram para esperar. O lugar era realmente pequeno. O calor obrigou Simone a manter a porta da frente escancarada para a entrada do ar. Silva achou curioso Leandro não estar entre eles e perguntou se o nome dele constava na lista. Simone foi ao computador conferir, "sim, Leandro está na lista. Foi com ele que falei ontem no final do dia. Não se preocupe, ele está na região. É que está quente e as pessoas às vezes se atrasam ou se esquecem", respondeu descontraída.

Uma hora depois, o casal entrou no prédio. Simone se despertou da passividade e agarrou o telefone. Uma profunda suspensão. Ninguém conseguiu ouvir suas palavras, ela falou bem baixinho. Houve um breve silêncio e depois dando de ombros desligou o telefone.

"Se todos puderem dar atenção agora", mas nada havia que pudesse lhe roubar a atenção. "Queremos agradecer a presença de todos. Vocês mostraram responsabilidade e afinco", disse, meneando a cabeça para Silva, "então, merecem elogios. Infelizmente nosso professor não chegou e parece que vai ser difícil ele chegar. Estão dispensados. Amanhã, começaremos o curso."

Com essas palavras, uns suspiraram, outros riram, quase todos foram embora de imediato e o casal voltou à rocha para namorar. Silva ainda ficou divagando na frente do prédio, pois não sabia o que fazer, segurava na mão o caderno e os lápis. Em seguida avistou Leandro, que vinha agitado, encharcado de suor, e que chegando o cumprimentou.

"O professor não veio, se atrasou, não sei. Dispensaram todos até amanhã."

"Como assim? Quer dizer que não vai ter o curso hoje? E as apostilas, já deram?", perguntou ele.

"Não disseram nada, iam dar?"

"Tenho mil coisas pra fazer! Como esse professor não vem?", disse irritado. "Eles são os mais e os menos rigorosos, depende só do ponto de vista", e notando a direção do olhar de Silva, "e esse casal nas pedras? São do curso?"

"Sim."

Leandro os observou brevemente. "Então vou indo, preciso me concentrar... nos falamos", e se foi como veio. Silva se perguntou se ele era agitado daquele jeito quando o conhecera anos atrás, mas não conseguiu se lembrar.

Amanheceu e estavam lá, os mesmos. Chegaram todos juntos, exatamente às duas horas. Ansioso, todo o grupo entrou na recepção. Simone detendo-os com a palma das mãos disse, "pessoal, o professor ainda não chegou", ela não sabia o que dizer, ficou pensativa por alguns segundos e em seguida decidiu, "vou ligar na central para me informar, ok?"

Ela ligou da recepção enquanto o grupo aguardava. Gesticulou pra lá e pra cá, a cada final de frase os olhos se fixavam no teto, enfim baixou a cabeça e desligou. "Não fiquem preocupados, o professor está a caminho, ele está bem de saúde e tudo mais, logo chega." O silêncio foi cortado por um suspiro em uníssono. Quando Silva procurou Leandro este já não estava mais, todos foram saindo e logo não havia mais ninguém. Silva ficou apenas com a esperança de encontrar o professor ainda naquele dia, e essa logo também se esvoaçou.

Nas pedras musgosas à beira-mar sentou-se pensativo. Longe, avistava o casal de braços entrelaçados. Deixou-se ficar um tempo olhando o verde mar. A movimentação das águas constantes não chegava a formar ondas. Constatou que absolutamente nada naquela paisagem era estático, tudo estava em constante movimento e nisso talvez consistisse a possibilidade de sua espera.

Pegou seu caderno e começou a desenhar aquela paisagem. Os contornos o haviam instigado, precisava perceber melhor as nuances e desenhá-las o ajudaria. Tentou três vezes, insatisfeito com os resultados, e percebeu, depois de alguma reflexão, que seu problema estava na escala. Precisava transcender aquela paisagem. Sem a foz, aquela região não fazia o menor sentido. Procurou se distanciar do mar, do prédio e daquela pedra usando a imaginação. Seu próximo desenho conseguiu resolver a ausência da foz, grafou seus contornos ao centralizar a paisagem nela. Mas não deu em nada, ou melhor: não lhe explicou nada. O desenho poderia se tornar um mapa, mas daí perderia o movimento e força das colinas.

Foi permitida a entrada na sala de aula, no dia que se seguiu. Quase todos estavam sentados à espera do professor, Leandro não estava entre eles. Silva estudava suas anotações, e quando tinha alguma ideia acrescentava algo. Entre um pensamento e outro observava o jovem casal, que simplesmente estavam presentes, sós entre eles, de tão mergulhados nos toques e meia frases que soltavam entre sorrisos.

Quando o relógio marcou duas e vinte abriram de súbito a porta e um homem alto, de uns quarenta anos, com os olhos grudados nos papéis que trazia nas mãos, disse com pressa, "sou o professor, tive alguns imprevistos, desculpem o atraso, mas ainda estamos em tempo", desprende os olhos dos papéis que remexia como se estivesse procurando algo e solta um sorriso artificial, "sempre há tempo para aprender! Mas, como devem saber, as coisas não são assim tão simples", volta a fuçar nos papéis, "para a minha surpresa, quando cheguei, fui informado que o material didático ainda não havia chegado". E nessa derradeira frase deixa a sala como correndo atrás de alguém, "estão dispensados… venham amanhã".

Não havia rua que Silva ainda não tivesse acessado e investigado no caminho entre o hotel e o prédio do curso. Todas elas davam aos pés da colina, eram curtas e belas, e nos prédios comércios de todos os tipos. Observava tudo com atenção, aquela geografia que para ele era nova, e quanto mais andava pela região mais se sentia confortável nela. O calor não incomodando como antes, permitia um grau maior de dedicação aos detalhes do ambiente. O que mais o impressionou foram as tantas variedades de verde que descobriu dia após dia. Os olhos iam se adaptando aos espaços descobertos, passavam a captar as pequenas nuances. Isso permitiu que Silva começasse a desvendar naquela região humores particulares, quase autônomos, que chegavam a ponto de reger o comportamento das pessoas, caso o dia fosse mais claro, mais nublado, mais úmido ou mais seco.

No dia seguinte Silva se perdeu. Quis experimentar outro caminho, contornando a grande colina pelo seu outro lado. Haveria de chegar no mesmo prédio e no mesmo curso, e chegou. Mas não sem antes se maravilhar com o caminho e constatar que deste lado as coisas eram tanto semelhantes quanto diferentes. Se, de um dia para o outro, encontrava e absorvia novidades no caminho que seguia pela orla do rio, seguindo pelo caminho oposto, por dentro do continente, revelou-se uma explosão de percepções aflorando dos sentidos. Conheceu plantas que não existiam do lado de lá. Uma bela flor amarela de manchas roxas, aderidas a velhas árvores de folhas de um verde bem escuro, ao fundo de um beco profundo, chamou-lhe tanto a atenção que ficou ali, perdido a contemplar, e assim se foi meia hora.

Em verdade, um encontro inóspito colaborou para o atraso. Logo ao sair do hotel e seguir pelo novo caminho se deu com Leandro vindo em sua direção. Um encontro estranho, fazia dias que não se viam e Leandro estava muito irritado. O curso, e suas possibilidades sempre adiadas, foi o centro da conversa. O mais curioso foi descobrir que seus hotéis eram vizinhos e o desencontro diário se deu por seguirem caminhos opostos, enquanto um chegava ao curso contornando a colina pela orla do rio o outro seguia por dentro até o mar. A surpresa não os deixou tristes já que havia outra distância para a qual não viam cura. Silva, em particular, não se reconhecia mais como amigo de Leandro e da parte do outro não se pode dizer nada.

Antes de chegar, refletindo consigo mesmo, Silva se questionou por que Leandro não estava indo no horário do curso esperar pelo curso e não encontrou uma resposta. Entrou no prédio, passou por Simone, seguiu em direção da sala e ela estava vazia, ao retornar no corredor em direção da recepção avistou o professor. Interceptou-o e questionou.

"Dispensei a todos, os livros não chegaram. Mas se quiserem podem ir lendo algo, tem livros na livraria da região, deve ter passado por ela."

"Qual é o curso que faremos? Preciso saber quais livros ler e o que anotar. Estou ansioso desde que cheguei, passa de uma semana e não sei ainda no que pensar!", disse Silva, atento à resposta que viria.

"Não tenho a mínima ideia! Eu disse que o material não foi enviado, então como poderia saber!? Se eu soubesse estaria dando esse curso. Mas está lá... no papel!", o professor batia nos papéis que tinha em mãos para confirmar a afirmação de que as informações estavam nos papéis. "Olha só, veja bem: eu disse pra Simone que vocês não precisam vir todo o dia pra cá, é que você está atrasado! Por que chegou atrasado? Temos que ter paciência. Quando chegar o material vamos avisar vocês, não tenha dúvida", e saiu sem permitir retruco.

Na semana que se passou choveu todos os dias. Silva fica a maior parte do tempo no hotel, preenche espaços vazios do caderno de anotações, lê o que encontra pelo caminho e pensa o resto do tempo. Quando saía era pra socializar com os transeuntes, falar com os comerciantes e sentar nas pedras, aproveitando os momentos em que a chuva cedia. Foi duas vezes no prédio dos cursos para se informar a respeito dos livros. Não haviam chegado, e pareciam estar incomodados com sua insistência em buscar informações. "Nós entraremos em contato, não seja ansioso", repetia-lhe Simone, sempre simpática.

Na terceira semana a chuva abriu espaço para um sol quase pleno e ameno. Seu êxtase foi grande, ele saiu por todos os caminhos conhecidos para observá-los pelo novo prisma. Vê-los sob amenidade foi um deslumbre apaixonante. Muitos dias seguiram essa tendência e Silva estava tão ocupado na sua reexperienciação que lembrou do curso poucas vezes. Primeiro, por ter visto um senhor, que estava na lista do curso, comprando no comércio de joias. Depois, por reencontrar o jovem casal que de ombros colados andavam pela orla. De feições melancólicas, não transmitiam a mesma alegria de outrora.

O hotel não era de graça, "a verba acabou", foi o que disseram. Passaram-se dois meses, então compreendeu que eles eram bons por o terem sustentado todo esse tempo. Silva sentiu gratidão, e soube, dentro de si, que agora precisava arranjar um emprego para se manter. O curso poderia começar a qualquer hora e ele deveria estar preparado, embora já não atinasse mais para com as expectativas. Não demorou e conseguiu um serviço, passou a entregar correspondências. Deram-lhe um mapa dos números das ruas, um dos limites dos bairros e uma bicicleta.

Trabalhava nos dias úteis e nos finais de semana se ocupava em elaborar um mapa próprio no qual queria captar o movimento. O mapa oficial apenas o confundia, lhe acarretou erros. Se acrescentasse o movimento deveria melhorar. Quando achava ter encontrado um padrão climático, percebia-se traído. Era difícil prever os dias que choveria, com exatidão. Tentou prever quais casas estariam abertas ou fechadas ao entregar a correspondência: errou metade e acertou metade.

Ainda passava uma vez a cada mês no prédio frente ao mar para se informar sobre os materiais. Certo dia, Silva presenciou se afastando do prédio o jovem casal que, tão alegre outrora, estavam de cabeças baixas, tristes, mas ainda grudados um no outro. Achou estranho, pois não seguiam a orla, como de costume, mas iam em direção ao pé do morro.

Seguiu de longe, algo neles o atraía como ímã, ele ansiava saber onde estavam indo. Mesmo conhecendo bem a região, ele nunca havia seguido por esse acesso, por trás dos prédios. O casal encontrou uma trilha que dava no topo da grande colina. Imediatamente ao notar isso, Silva lembrou-se do dia em que chegou, desceu por uma colina parecida, mais ao sul, da rodoviária local. Agora subia nesta colina, que nunca imaginou ser possível ascender, certamente daria uma vista deslumbrante da região, pois esta era a mais portentosa colina de todas. Subia emocionado e por vezes olhava para trás apreciando a infinitude do mar, ao mesmo tempo que criava uma margem de distância do casal.

Chegando ao topo, se deparou com uma extensa chapada e no centro uma ruga geomorfológica semelhante a um baú. O casal à frente subia no topo escapando da sua vista, e ele então passou a reverenciar a paisagem. Daquela altura, tudo parecia estático, perdia-se o movimento, e o mar adiante no espaço se revelava azul, que cedia ao verde em degradê ao se aproximar do continente.

O vestígio da passagem do tempo deu-se principalmente no movimento do sol, que se pôs sem que o casal retornasse do morro abaulado. Ele se obrigou a descer a colina enquanto ainda enxergava o caminho.

Passou dois dias com o jovem casal em seus pensamentos, transpondo percepções em anotações, as quais também não lhe deram o sentido. Estagnou diante da impossibilidade de conectar as informações que possuía, não pôde nem sequer chegar a conclusões temporárias.

No terceiro dia, em que sua escala de trabalho o permitiu retornar à colina, subiu ansioso pela trilha de antes. A despeito do ar turvo, da umidade, do calor, que dificultavam a visão e a respiração, chegou logo ao topo da chapada. Sem olhar para trás, subiu na grande estrutura rochosa em forma de baú e em cima se deparou com um cemitério que preenchia todo o plano. As lápides espaçadas não tinham nenhuma inscrição, eram apenas pedras dispostas na vertical.

Ao centro, uma sepultura logo atraiu sua atenção, pois dela uma grande cruz se erguia. Uma cruz densa: em cada face havia um corpo estirado. Era o jovem casal, dependurado na cruz, com a pele nua escurecida pelo sangue seco. Um ferro transpassa seus corpos na altura do coração, ao passo que mantinha os corpos unidos, os fixava na cruz.

Mudou-se para o hotel ao lado, quando limitado pelos seus recursos, e se hospedou no mesmo quarto em que Leandro se hospedara, antes de sumir. Habituara-se ao trabalho e nessa altura não usava os mapas da empresa de correios, seus mapas fidedignos eram os intuitivos, permanentemente desfigurados onde redesenhava os sentidos diversos das mudanças que se habituara a aceitar.

No prédio do curso, outra moça recepcionava. Não sabia seu nome. Apaixonou-se por ela assim que a viu quando se informava sobre o curso. Estranhou ela não ter crachá. Mas o que importa? Passou a amá-la.

Depois, nunca mais perguntou sobre o curso. Sabia que não poderia ir embora sem realizá-lo, mas nunca havia sequer pensado em ir embora.

ASFALTO

O asfalto está molhado por um líquido fresco. Os pés, encharcados. Isso alfineta seu espírito. Introspectivo, olha o chão e vê reflexos – horas refletidas. À frente, tenta enxergar seu destino. Que horas são? Não usa relógio porque têm celular e, devido à preguiça de pegá-lo só para ver as horas, espera uma ligação qualquer para o situar no tempo.

Há dias anda pelas bordas da linha do tempo, cruzando-as ligeiramente qual pêndulo, esfacelando suas laterais. Os reflexos do asfalto perturbam seus olhos fracos – os sóis nas ruas da madrugada estão pendurados e debaixo de suas luzes ele nada podia definir. O "seguir pelo asfalto" se era uma incógnita não era digna de mistério. Perdido o ânimo, os pés caminham sem esforço – para eles, ao contrário dos olhos, o destino não importa, movidos pelo desejo de despertar contingências.

"Ei, tem fogo?", não, "Cigarro então?", não.

Alguns estão na rua de passagem. Entram e saem dos lugares. Deseja um bar exclusivo para pessoas solitárias, mas a carência é inimiga de respeito. Segue a procura de um destino e um reflexo desvia seu olhar para o chão: uma barata passa apressada, ele nunca está só. Ao levantar os olhos, escolhe o bar mais próximo e obriga o corpo a acompanhá-lo. A boca seca pede líquidos, seus olhos se afrouxam na imprecisão.

"Esse calor é muito estranho", diz fulano sentando-se ao seu lado. Um cara de trinta e poucos anos, roupas soltas e um pouco sujas.

"Por quê?"

"Nada, é que não sou daqui, acho que só preciso me acostumar a um lugar desse", explica.

Um silêncio sustenta a conversa abandonada. Bebe-se cerveja, nada mais se faz. O barman é ágil, o que contrasta com o marasmo da clientela. Sentia-se bem, mas um cheiro de morto perfumado persistia no ar.

"Três vezes eu pensei em ir embora. Três vezes! Nenhuma delas me convenceu. Agora me diga, por quê? Por quê?", falou para si mesmo, dramático. Resplandecia a álcool, decerto alguém passando por dificuldades, como todo mundo – pensou.

"Por que você gosta de enganação."

"Isso, acertou!", disse eufórico, "eu peguei um ônibus e não queria nem saber pra onde ia, evitei olhar a placa, veja só! Parecia um filme, a cada semáforo transposto eu me sentia melhor. Agora olha para mim: aqui estou!"

"Estou vendo."

"Pois é. Mas não...", negava com a cabeça e em um rápido

movimento de dedos chamou o garçom, “Mais uma, aqui.”

“Na verdade eu tinha destino”, continuou, “queria ir onde o dinheiro não tivesse valor, saca? Agora vem a parte irônica, escute só: fui terminar onde? Aqui, neste bar. Cá entre nós, podia terminar mais errado?”

“Acho que não.”

“Vou pagar como? Em dinheiro! Conto como amigo, pra que não caia nessa de destino!”, disse com um gesto professoral, “às vezes sou meio filosófico, mas é importante pensar na vida, não acha?”

Quem dera um bendito telefonema para o situar no tempo e tirá-lo daquele enfado! Esse papo começou a lhe encher o saco.

“Agora?”, continuou, “terminei a tal jornada sem destino e onde paro? Aqui. Mas acho que agora acertei. Sim, posso jurar que sim.”

“Sim, pode jurar que sim.”

“Não acha engraçado? Sempre aqui. Mas por que eu quis ir embora três vezes? É… essa é inesperada. A dúvida permeia toda certeza”, afirmou enfaticamente, separando as sílabas da frase final.

“É… inesperada.”

Dois minutos e vinte segundos de silêncio gastos pensando se ele suportaria ouvir mais daquilo e qual seria a estratégia para cair fora. Vasculhou o ambiente procurando o garçom, pensou em pedir mais uma.

“Olha só, na primeira vez que pensei”, ele tentou continuar, mas foi interrompido por um toque do celular. Entorpecido pela quase ebriedade de sua raiva, não percebeu de imediato que o celular tocava. Se dando conta, pegou às pressas e desajeitado tentou abrir a mensagem.

"Atende aí, tranquilo", disse o fulano, "Pode ser a patroa, se for... ha! acho que vou perder meu novo amigo", lamenta jocoso.

Antes de conseguir acessar a mensagem, chega outra e mais outra. O celular vibra repulsivamente e desliga em seguida por falta de bateria.

"Mais uma mensagem? Ou a coisa tá muito boa ou muito feia", acrescenta rindo o comediante inóspito.

Queria que fosse qualquer coisa do tipo. Mas apenas segurava o celular desligado nas mãos, sem ter lido nenhuma das mensagens. De qualquer maneira, conferiu o horário: 04h40. Já passou de uma hora qualquer.

Levantou-se e foi embora, como que atendendo a um compromisso importante no meio da madrugada. O asfalto reluzia horas reluzidas. Olhava para a frente, e tudo estava turvo.

VISITA-ME

"Entrego a você a sensibilidade de minha fina e delicada pele
prometa-me sempre ser
minha consciência"
Clara

Primeira visita

Clara, com a mão na maçaneta, respira. O tremor reforça a pressão sob a porta. Ofegante, prende a respiração, fecha os olhos e gira a maçaneta.

"Silêncio", escuta ela no vácuo escuro do apartamento. Senta-se no chão ao fechar a porta atrás de si. "Estou aqui" diz a anfitriã que se agacha diante dela, bem perto, olhos nos olhos, boca com boca. O bafo das palavras vinha quente. "Consegue ver meus olhos? Estão alegres", e se distancia para observar a face inteira. "Esquecerá o que aconteceu, eu prometo."

"O meu querido!" diz Clara com uma voz adocicada pelo medo.

A anfitriã a conforta, "Você sente a mão dele, áspera, na sua, mas não há ressentimentos. O verbo não faz falta e vocês sabem disso."

"Falar nunca foi o meu forte", diz Clara. "Eu pensava que, sempre, de alguma forma, eu precisava dizer qualquer coisa."

O sorriso afável da anfitriã refreou o fluxo de seus pensamentos, ela busca segurança e tenta concluir, "Só pude entrar nesses momentos de singela suspensão quando compreendi que não precisava dizer nada quando tudo já estava dito."

"Parabéns! Querida, estou orgulhosa", disse a anfitriã. Conduz Clara pela sala até um sofá ao centro, o único lugar com um pequeno resquício de luz lunar que infiltra o apartamento.

"É tolice achar que sempre haverá palavras à altura de nossos sentimentos."

Ao sentarem, se eleva uma fina camada de pó. Clara fecha e abre os olhos. A anfitriã impassível, sorri, "Fico assustada quando vejo o quanto cresceu! Aquela menininha sem amigos, sem paixões, agora pensando sobre suas emoções. Mocinha sonhadora, de repente larga o sonhar, os ideais… sem dar satisfações, nem a si própria!" Toca-lhe o rosto com afeto. "O que se esperar de alguém assim?" Deita a cabeça de Clara sobre seu colo, afagando os cabelos. "Você não sabe, mas eu a vi um dia desses atrás. Uma tarde, na biblioteca. Você estava com medo, receio de ser observada." Ri, provocando. "Olhinhos pequenos e rápidos percorrendo a biblioteca, ansiosos, na expectativa de encontrar algum olhar em sua direção. Mas você não me viu."

Clara se levanta das pernas de sua anfitriã, seu olhar se firma, e diz entristecida, "Esses livros não posso comprar."

"Sim, eu sei... curiosa, depois que você saiu, fui ver quais eram os livros que habitavam a prateleira em que você estava."

"O que encontrou?"

"Apenas livros que sei de cor, querida."

Clara atravessa, "Duvido! Não pode ter visto direito. Pois o que li abriu minhas entranhas. Sua frieza não sobreviveria a esses escritos."

"Inexperiente", pontua a anfitriã.

"Sou sim! Se alguém tivesse me ajudado a encontrar um triz que seja de uma verdade qualquer, não teria me cortado com as navalhas da fantasia!", dramatiza, envergonhada da cena.

"Essas metáforas não te levarão a lugar nenhum."

Clara afasta um pouco as pernas com os olhos fixos em sua anfitriã, pega sua mão e a puxa para si, com os olhos investigando cada detalhe de sua expressão, cavando um recôndito sentido. Com uma mão, desnuda a coxa e com a outra coloca as mãos da anfitriã nela. "Sente os cortes?" Clara pressiona a mão dela em sua coxa. "Sente?"

Em seguida, abre os botões da camisa, até os seios apontarem nus. Coloca a mão dela sobre eles. "Sinta, é uma cicatriz. Percebe? É real."

"Sim, eu sinto. Mas você, não. Você não sente minha mão. Sente carinho", diz afastando a mão.

"Não! Carinho não, dessa fase já passei, essa ilusão não alimento. É evidente que querer, todas queremos e o desejo não satisfeito produz a infelicidade. É o que dizem. Mas, e você?

Sempre cheia de si, me diz: acredita que pode me fazer feliz?".

"Deveria ficar triste por não acreditar?", pergunta, cínica, a anfitriã.

"Fique como quiser! Não me importa nada. Eu? Eu vou ficar inalcançável."

"Não fique, querida; experimente ficar como quer, também. Diga-me, como quer ficar agora?" Com as mãos sobre os ombros de Clara, com afeto, oferece confiança e o calor de sua boca perto de seu rosto acaba por regular sua fala.

Clara cede, e soergue a postura como pode, contra o peso das mãos em seus ombros. "Quero que deitemos aqui no chão, com as costas contra o soalho", e ambas se deitam, "levante as pernas, assim, para que elas se cruzem com as minhas, coxa com coxa". Ao erguer as pernas, Clara entrevê pelos feixes de luz soturnos da lua as cicatrizes nas pernas da sua anfitriã. "Fiquemos assim, por favor, quietas."

Já não havendo mais luz, Clara, virando-se, deita sob as pernas de sua anfitriã, e nos entre lábios estreitos pede: "na próxima vez, por favor, me deixe ficar em silêncio".

Segunda visita

A anfitriã pairava em seu apartamento, ao centro. As pernas esticadas balançavam viciadas, com o vestido se acomodando acima das coxas. A luz suave do abajur desenhava sombras que dançavam ao movimento das pernas. O som de passos chega ao apartamento. A maçaneta gira, a dança para. Clara entra timidamente e busca o canto da sala.

"Querida! O que aconteceu?! Não diga nada, apenas venha e sente aqui", acode a anfitriã, trazendo Clara para a luz. "Fique assim quietinha, não precisa falar." A acariciou e beijou ternamente seu rosto. "Quer que eu cante pra você?" Clara assente e ela entoa uma canção de melodia banal, sem acentuações nem variações de intensidade. Uma canção morna, insossa e entediante.

"Eu queria que este fosse nosso primeiro encontro. Mas é o segundo e sinto muito por você." A anfitriã fala com brandura, mas não consegue impedir uma gradual transformação na entonação, um peso advindo da raiva que lhe subia. "Mas você procurou por isso! e por quê, se sabia no que ia dar? é uma criança mesmo, não consegue evitar. Só aprende sentindo na pele... Ai! Eu falando como se isso fosse te ajudar... me desculpe." Sentencia resoluta, "tire seu vestido".

Sem reação, Clara observa sua anfitriã desaparecer no corredor ao fundo e voltar com uma bacia. Na torneira no canto da sala, a enche com água. O som da água a bater no frio metal soa em paralelo com a melodia da anfitriã, que ficou na sua memória. Com o escorrer da água a melodia ganha cor, criando um novo sentido. Tira o vestido branco de Clara, e joga-o na bacia. Seminua, com os pelos eriçados, ela se encolhe. A anfitriã pega um pano branco, de flanela, e com um misto de vinagre e álcool, passa-o no corpo de Clara; começando pelas costas, ombros, braços e por fim a deitando de costas e completando o ritual.

"Eu me lembro do azul. Meu berço era azul. Eu tinha quatro anos. O bordado do meu macacão era azul... Mas eu queria que o quarto dela fosse verde", conta Clara, "ele queria me fazer uma surpresa, ontem no jantar me disse ter pintado de amarelo, o quarto dela."

"Quer um pouco de vinho, querida?", oferece a anfitriã buscando uma taça e servindo o vinho nela. Clara bebe com avidez, apenas para em seguida volver todo o líquido ao chão. "Doce!?", se indigna.

"Pra adoçar a vida. Coloquei um pouco de açúcar, eu só tinha vinho seco", responde a anfitriã.

"Quer tirar o mínimo prazer que resta, revirando até o vinho!"

"Não seja amarga", repreende, tomando o vinho de sua taça em um só gole.

"Não? Me diz, o que você vê quando olha pra mim? Me responda! Uma menina boazinha, de boa família, colégio de freira, amigos certinhos e amores inocentes?"

"Não."

"Agora não, mas me via assim, não? Depois de tudo, mudou. Veja só, transbordo amargor."

"Eu havia julgado errado."

"Eu sei que agora me julgarão por isso. Eu mesma, se pudesse julgar. Mas não sou nada além de humana. Apenas isso: humana. Diga que sou! Ao menos isso: humana. Até isso é difícil de afirmar agora", Clara sova os cabelos com as mãos sobre a cabeça, esfregando ao pulso da repreensão.

"Sofrimento merecido e necessário, minha querida", ataca a anfitriã, com um sismo de prepotência.

"E você?", retruca com um riso amargo, "É assim merecidamente também? Necessariamente, também? Me conta, o que te faz ser assim, morar aqui neste lugar? Sabe muita coisa de mim, mas eu nada sei sobre você."

"Não precisa saber nada de mim. Apenas duas coisas, que sou Laila e te amo. Estarei perto de ti, sempre que quiseres."

"Não, não acho justo. O que me garantirá esse pretenso amor, se eu não sei até onde posso confiar em você? Bisbilhoteira de bibliotecas, invasora de privacidade, despejando julgamentos, o que mais posso saber de você, Laila? Diga!"

"Não tenho passado, querida."

"Que horrível!"

"Talvez, mas não te interessa. Sou o que sou, por opção. Sou o que quero. Como tu decides quem és, eu também", Laila, vai até o abajur e o apaga, criando a plena escuridão, "como é estar nos extremos do contraste, da ausência plena a plena luz?" E então acendeu por segundos a lâmpada quente e muito potente, no centro da sala, precisaram fechar os olhos diante do clarão. Apagou e, depois de segundos de escuridão, voltou a acender a fraca luz do abajur, "não estar na plenitude da luz, permite uma melhor definição, o conforto necessário para enxergar a vida – toda plena luz cega minha querida."

"Sou Clara, minha Laila. Agora pálida como uma morta", e se indigna com a anfitriã que com um riso fino concordava com suas palavras. "Me olhas julgando... Pois saiba que, caso eu me revele a ti, ou aceite sua avaliação, será apenas por eu ser incapaz de qualquer outra coisa. Olha esse teu olhar! O tesão transpira pela tua pele, e esse cheiro que vem da sua respiração! Só pode estar saindo de um pulmão podre." Lança-se sobre o sofá e então se cala, enquanto Laila começa a esfregar o vestido na bacia. O silêncio é entrecortado por palavras soltas de Clara ainda de olhos fechados. "Somos uma federação. Uma burocracia interna. Somos regidas por conceitos platônicos. Meu Deus, espero que fique presa na sua caverna e não saia nunca de lá."

"Reze, querida Clara, talvez ajude. Mas rezar para quem?", Laila torce o vestido sob a bacia.

"Tu poderia fazer algo, é tão difícil assim?"

"Foi isso que você fez: algo!", diz Laila, ríspida e seca.

"Sem pensar! Mas, por favor... me dê paz."

"Quanto a isso você não pode exigir nada." Uma porta fecha com grande estrondo em um dos apartamentos vizinhos. O som ecoa no saguão. Laila, estica o vestido na janela, enxuga as mãos e senta-se ao lado dela no sofá. Abraça-a com carinho, "me desculpa".

"Não, Laila, você está certa, eu que devo me desculpar."

"Cale-se."

Sonho um

Clara sonha com seus doze anos, quando foi com a família ao circo. Os sons, cheios de alegria. Risos quentes como um dia de verão. Ela olha para seus pais, de longe, por algum enquadramento – como se assistisse a um filme. Uma música conduzia um trapezista, e as pessoas nas barracas jogavam, apostavam e sorriam. Clara se sente bem. Sente-se inteira. Vendo-se de fora, como numa tela, observa seu corpo muito pequeno e magro. Algo estava estranho, seus pés pareciam pés de bebê, mas seu rosto era de moça. Clara olha o trapezista com calma, ela o admira. Algo nele também estava estranho. Ela pausa o sonho.

Dá um zoom e vê que atrás do trapezista há uma pessoa. Ela rebobina o sonho, aproxima a imagem e identifica. É Laila. O sonho está pausado, mas a trilha sonora continua, e a música circense passa a incorporar as notas da canção de Laila. Solta o sonho, e a música aterroriza a jovem Clara até tornar-se insuportável. Ela tapa os ouvidos e bate a cabeça nos joelhos com toda a sua força juvenil e o trapezista cai.

Terceira visita

Clara e Laila, deitadas juntas em um colchão no centro do apartamento. O calor dos corpos em simbiose exalava um cheiro misto de suor e madeira. Clara se apequena enquanto recebe carinho, queria que fosse um gesto protetor. Um desejo que negava se transformar em esperança.

"Quer um chá?" Pergunta-lhe a anfitriã.

"Não."

"Tem que descansar um pouco", diz levantando-se. "Vou fazer um chá calmante, docinho pra você." Clara responde com um *não* surdo.

Laila se detêm perto do fogão, "quer ir embora?", pergunta impaciente. Clara silencia.

"Você me ama?", pergunta Laila. Silêncio. Clara mistifica o momento, não consegue deixar de a provocar, mesmo tendo medo de uma possível ruptura.

"Proponho um jogo. Vou soltar folhas de chás para você", diz Laila, buscando folhas e espalhando-as pelo chão de madeira. Algumas pequenas, outras largas, umas compostas e outras simples. As folhas estavam secas, folhas para chá. "Você deve escolher uma delas. Por trás de cada uma, há sensações diferentes. Quem sabe uma delas te absolva! Mas só poderá escolher uma."

Redenção, toda a força e motivação que essa palavra suscita, empodera Clara. Estimulada pela possibilidade, seus olhos se excitam no jogo das folhas. Anda com cuidado entre elas, distribuídas pelo chão. Observa cada detalhe, a morfologia, a textura. Chega bem perto com o nariz para sorver o cheiro.

Uma por uma recebe a atenção e o mérito temporário de ser a solução. Química perfeita para Clara, qual seria? A escolhida foi uma folha pequena que rompida a sua nervura primária formava um arco singelo. Seu cheiro fez Clara lembrar a infância, era doce, inocente. Ela a comeu sem usar as mãos. Com a boca rente ao chão, abocanhou e a esmiuçou com os dentes. Virou-se deitada de olhos fechados com um sorriso fino e discreto nos lábios.

"Às vezes não temos sorte. É a contingência, querida", diz Laila enquanto, com fósforos em mãos, ateia fogo nas folhas não escolhidas, uma por uma.

Sonho dois

Um palco de um grande teatro, Clara está sozinha na coxia, atenta à luz de um refletor que desenha um único foco no centro do palco. Tudo o mais, escuro. No foco, uma maca de altura média. Clara sente o corpo dormente, mas com esforço parte das cortinas, em que se ampara, em direção ao foco. Entrando na luz, assustada com a singularidade da exposição, encara o refletor. A luz é tanta, tão plena, que lhe cega por um momento, o calor se espalha pelo corpo, ela se desequilibra se amparando na maca e protegendo os olhos com as mãos. Ao recuperar a visão, nota alguém vindo em sua direção. Com roupas brancas, um jaleco salpicado de sangue, arrastando uma mesa com objetos cirúrgicos. É Laila. Tira o jaleco, está nua. A carne flácida, decaída. Ela deita de bruços na maca, revelando suas costas: estão abertas, um rasgo retilíneo de bisturi, do pescoço ao cóccix, expõe toda a coluna vertebral. Laila pede a Clara que a costure, mostrando os instrumentos. Clara demora-se na letargia do seu corpo, que resiste ao seu comando. Por fim, sobe em cima de Laila, na maca, segura trêmula a agulha e a linha, e principia a costurar, em um misto de lágrimas e raspas de riso.

Quarta visita

Laila, com um rodo em mãos e balde ao lado, esfrega o chão do apartamento. Os parcos móveis foram afastados para as extremidades. Era dia e o sol preenchia a sala do apartamento por completo. Os vidros da janela deixavam entrever-se sujos pelas sombras. A porta abre e Clara entra.

Com impaciência, Laila entrega o rodo e o pano nas mãos de Clara, que perplexa olha com estranhamento a faxina do apartamento. Agora, resta-lhe esfregar. A anfitriã, já com outro pano nas mãos, parte em direção à janela.

"Porque demorou tanto", reclama por fim Laila.

"Não sei... eu estava bem!" responde sorrindo.

"Era o que eu temia!" diz emburrada, enquanto renova o pano. "E me deixa aqui assim sem fazer nada?"

"Calma, Laila, não foi minha intenção."

"O que quer por aqui hoje?"

"Poxa, senti saudades", fala Clara chegando mais perto, "queria vê-la novamente, trouxe um livro pra você", e deixa o embrulho em cima do sofá, "deve saber de cor... mas achei importante."

"E se divertiu nesse tempo?".

"Fiquei em casa. Li alguma coisa, arrumei a casa, cortei meu cabelo... enfim, nada demais."

"E como está a mamãe?"

"Não a ajudei em nada."

"E sua irmã?"

"Não achei importante explicar a ela e ela não quer entender."

"O que mudou então? Seu namorado?", pergunta, interrompendo a limpeza da janela e voltando toda a atenção para ela.

Clara ruboriza, levanta as sobrancelhas e baixa o olhar. "Estamos bem. Eu o amo. Acho que é isso que eu quero. Mas às vezes não. Ele me enche de carinho, nem seu peso me sufoca. Abro meus braços para ele. Não posso reclamar, eu o amo. Só que às vezes não."

"Tudo já foi esquecido?"

"Ele me ama."

"Eu falo de nós!" esbraveja a anfitriã.

"Não fale, então!", Clara cobre o rosto e os ouvidos com as mãos, enquanto Laila chega bem perto.

"Acha que é assim que funciona? Que vai se dar bem? Acha que ficando em casa se torna o quê? Verde de mofo ou vermelha de vergonha?", a cada palavra o tom ganha um quê de dramaticidade cruel.

"Eu sei que faz o que tem que fazer, mas se eu estou aqui mereço um pouco de carinho", as lágrimas começam a escorrer no rosto.

"Merece?", ironiza, "o que mais acha que merece?"

"Por que pergunta sempre o que eu acho? O que quero? Por acaso gosta de me ver assim? Não entendo."

"Pois eu entendo perfeitamente."

"Não entenderia se *eu* não tivesse te dado ouvidos!", e ao virar o corpo, em um ato abrupto, derruba o balde e a água, caindo em seguida, no chão empoçado de água suja. O vestido branco, ensopado, transparece a roupa de baixo, vermelha. Laila se aproxima, pega o balde e derrama a água que resta ao lado de Clara e deita perto dela sobre a água. Com os olhos fechados, em longo silêncio, adormecem.

Ao anoitecer, o ar ameno da noite que adentra a janela acorda Clara. Com frio, sente o corpo tremer. Laila, vendo ela acordar, oferece um roupão, denso e macio. E tirando as roupas molhadas, seca seu corpo.

Laila, que já estava acordada, põe ordem na faxina do apartamento, preparando um pedido de desculpas.

"Vai gostar!" diz, animada.

"Do que?"

"Do jogo", provoca a anfitriã. Clara se recompõe e Laila, de roupão, se posiciona frente à porta, abre um pouco as pernas e solta os laços do roupão. Sentencia, com enigma nos lábios, "procurarás em meu corpo aquilo que buscas."

Clara se aproxima dela, inquirindo pelos olhos as intenções da anfitriã. O roupão, entreaberto, desnudou o ventre, parte dos seios e o púbis. Com a curiosidade na ponta dos dedos, coloca as mãos na cintura de Laila, por dentro do roupão, e investiga a pele fresca das costas. Abre um pouco o roupão, descendo-o pelos ombros, para tocar os cantos dos seios, ao lado dos braços. Nada, nenhuma cicatriz. As mãos descem do ventre às pernas. Seus dedos se sobressaem em uma saliência na coxa direita ao lado da cicatriz, é um pequeno cordão, que pressiona a carne. Seu coração bate rápido, segue o cordão, na parte superior da coxa e passando a mão no seu entorno encontra um metal frio e curvo, puxa o objeto. É uma aliança. Arrebenta a fibra ao puxá-la para si, inspecionando-a. Encontra uma inscrição interna. *Aceite sua resposta – Hoje.*

Laila está deslumbrante.

"Agora vai. Faça o que quiser. Eu estarei aqui quando voltar", diz a anfitriã.

Quinta visita

A maçaneta abre, Clara entra nua no apartamento. Laila joga ao lado o livro que lia, "Deus, vista alguma coisa!" Corre para o interior do cômodo e volta com uma calcinha e um sutiã de um vermelho desbotado, e oferece a ela. Clara veste e se senta no sofá. Ela está exausta. O ar oprime, mesmo com as janelas fechadas, o calor se infiltra pelas frestas e transcende as paredes.

Clara entrega a cabeça ao encosto e ao abrir os olhos observa o teto molhado, gotas caem dele em um ritmo preciso. Passa pela sua mente a ideia de que o apartamento poderia suar por causa do calor. Se deixou contemplar as gotas caindo. O olhar curioso acompanha a gota, do teto se despencando até o chão, e quando olhou para o chão: não pôde acreditar. Uma planta havia brotado do chão no meio do apartamento. De folhas largas, verdes claras e muito vivas. A planta que tinha em torno de dois palmos estava rodeada por um punhado de terra. Seus olhos estarrecidos buscaram a anfitriã.

"Cuidei dela, a semente veio com o vento... coloquei um pouco de terra para a alimentar", diz Laila, com orgulho. "A água vem de cima", diz apontando para o teto. "Querida, essa plantinha também tem um outro cuidador." Clara acompanha com o olhar Laila, que vai até a porta, abre e sai. "Não vá embora!", grita Clara. Nesse momento, uma porta nos fundos do apartamento se abre. Uma criança vem em sua direção. Ela tem dois punhados de terra, um em cada mão. Quando chega até a planta, senta-se ao chão, à sua frente, e adiciona o substrato à planta, admirando-a com carinho.

"Eu pedi para que fosse à venda comprar detergente e não foi ainda por quê?", pergunta Clara, indignada.

"Estou brincando...", responde a criança, feliz.

"Não tem outro momento para fazer isso?"

"Tenho que aproveitar o máximo de minha infância, é o melhor momento da vida humana!", responde a criança de forma professoral.

"Eu...", perde as palavras, Clara sente uma forte pressão no peito, o suor está por todo seu corpo.

"Você não quer brincar comigo?", pergunta a criança, mas

Clara não responde e ela fica preocupada, “mamãe?”

“Deixe a planta em paz criatura... se ficar cutucando, ela não vai crescer”, critica a mãe, limpando as lágrimas do rosto.

“Mamãe, que planta? Aqui não tem planta nenhuma. Se acalme.”

“Desculpe. Faça alguma coisa... brinque com a boneca que te dei...”, tenta buscar algo na memória.

“Que boneca?”

Clara se exalta, se levanta da poltrona e com o dedo em riste ameaça, “O quê?! O que você fez com ela? Se estragar eu te mato... eu te dei com carinho, não pode agir como se ela não fosse nada!”

“Desculpe”, diz a criança e se esforça para acalmar a mãe, “Olhe meu cabelo, parece com o seu, não é? Todos dizem que estou igualzinha a você.”

“Não... nunca. Igual a mim nunca!”, e lança-se em direção ao pescoço da criança quando escuta duas batidas na porta, incisivas. Abre a porta, mas está vazia. O que entra é um calor insuportável. Volta o olhar e a criança não está mais lá. A planta resplandece no centro do apartamento. Clara sai e fecha a porta atrás de si.

Sexta visita

“Cá está novamente. Por que voltou?”, pergunta a anfitriã. Clara não responde, fria, enrijecida.

“Lembranças? Devo perguntar se está tudo bem?”, e ela continua em silêncio.

"Venha, me abrace, querida. Tudo estará resolvido."

"Não encoste em mim", pede Clara, decidida.

"Claro", ironiza a anfitriã, "Devo agora, como boa amiga, ser imparcial, falar que tudo que aconteceu foi merecido e que nada de mal acontecerá com você, é isso?"

"Amiga?", amarga a palavra, "Está mesmo do meu lado?"

"Sim, querida! Sempre estou do lado errado", com um sorriso cínico.

"E mesmo assim quer me abraçar?", revirando as ideias.

"Pensei que você que me repeliria."

"Tem asco de me tocar? Não minta!"

"Não perca tempo vindo aqui, em meu apartamento, para ficar com essas frescuras. Depois do que fez, isso chega a ser cômico", com impaciência.

"Está vendo, está no tom de suas palavras. Tem nojo de mim... Língua afiada como navalha! Talvez seja divertido mesmo para você."

Uma porta bate forte, assusta Clara. "Tem alguém aí?" Escuta passos vindo de fora. Mais uma vez a porta bate. Ela chega mais perto de Laila e subitamente lhe vem um receio. "Quem mais vem aqui? Alguém mora com você? Me diz Laila, de quem é isso aqui?"

"Acalme-se, querida. Sou a dona daqui. Nesses tempos só você me visita. Mas tem outros apartamentos, outros donos, outras visitas."

"Ah, como será que são os outros? Quero os conhecer, porque você nunca me ajuda em nada! Talvez eu tenha errado de porta. Sim, errei não foi?", com a mente agitada, ela olha para os cantos e objetos transpassando-os. Tudo ao seu redor ela abstrai e a anfitriã silencia.

"Desisto", diz Clara, "Não sei por que ainda venho aqui. Vou embora!"

"Ainda não é possível", segurando seus braços.

"O quê? Vai me levantar em uma cruz?"

"Você vem aqui porque precisa, não porque lhe agrada. A suporto só porque sou útil a você, ainda", Laila aponta para a planta no centro do apartamento e Clara se entrega ao choro.

"Como cresceu", alisando as folhas que beiravam a cintura dela.

"Está viva, bem viva", diz Laila. As gotas agora caem mais rápidas, resvalando nas folhas. Clara sorri ao ver suas lágrimas sobre a planta, misturando-se ao estrato da vida.

"Passou, querida. O que lhe fará bem? Eu farei."

Laila a beija com ternura, a despe, com afeto, em um ritmo compassado e leal, dobrando suas roupas e as descansando ao lado. Alcança um tecido, o umedece e passa sobre o seu corpo com delicadeza. Com as mãos, desloca a planta, com seu estrato vital, para o lado, abrindo o espaço logo abaixo das gotas que caiam. Clara deita, deixando o ventre no lugar da planta. As gotas caem em seu corpo, Laila beija seu ventre. Se levanta se afastando até a luz morrer, retorna com um bisturi em mãos. O metal reluz a luz lunar. Centrada, a anfitriã, com o instrumento em mãos, começa a operação por entre os seios de Clara e segue o corte até o sexo. Com precisão, soergue a planta e a insemina no ventre de Clara. O extrato vital é distribuído ao longo da planta e as gotas continuam a regar. E então as raízes avançam pelo corpo, se espraiando pelos órgãos, se enlaçando nos ossos. Laila preenche todo o ventre, ao redor da planta, com a terra. Clara, agora, estava em paz.

Carta de Clara

Filha, você está aposentada, pare de trabalhar assim, freneticamente. É verdade, tem que aproveitar que se tem força para trabalhar. É parte linda da vida do ser humano. O seu pai se orgulharia de você. Sim, você é parecida comigo. Não, não sei, não me lembro do seu pai. Acho que o amava, mas não sei dizer. Se sua filha estivesse viva, poderia parecer com você, com nós duas... ou melhor, comigo. Sim, sua companhia me agrada, sempre. Não, não ligue para o que as pessoas dizem, elas não sabem o quão importante é ter você sempre, sempre ao meu lado, conversando comigo, todas queriam uma filha assim, mas só eu tenho. Sim, eles não souberam criar. Primeira lição: mantenha sua filha viva... nem que seja dentro de você, o que adianta ter uma filha fora se não tem dentro? Eu tenho você aqui dentro. Não, essas velhas aqui do asilo nem visita tem, quanto mais filha uma que more junto! Acho que fui feliz. E você filha? Foi feliz?

SEVERINOS

Morte e suicídio

UM DRAMA EM 3 ATOS.

PRIMEIRA FACE DA PIRÂMIDE: BERLINDAS.

(Uma sala fechada com uma mesa no centro. Três cadeiras, três personagens femininas. Facas e baldes.)

UM – Como o dia está bonito! As ruas tão tranquilas, só as folhas das árvores dançando pra lá e pra cá.

DOIS – Onde se meteram todos?! A cidade está vazia!

UM – Feriado prolongado... só se trabalha na quinta. Acredite, estão se divertindo!

DOIS – Se divertindo às minhas custas só pode ser!

TRÊS – Pense um pouco! As pessoas não vivem porque querem. Vivem porque estão sujeitas.

UM – *Eu disse*, o dia está belo! Vocês perceberam como as folhas estão caindo mais cedo este ano? Eu acho magnífico!

TRÊS – Belo! Isso é uma ilusão! Olhe mais de perto... e verá a morte, odores fétidos nas plantas, nos animais, nas sociedades... me dá nojo esse teu belo inútil. E pior: falso, enganador!

UM – Me diga, já viu alguma vez uma linda cachoeira? Ou então já passeou por campos verdejantes com pequenos pontinhos vermelhos? A relva é densa e você sente fome. Sim, humanos sentem fome! Sem problemas, os pontinhos vermelhos lhe servirão de alimento, os animais serão sua distração, as pessoas, sua companhia e as grutas frescas, abrigo. É o belo da natureza. A perfeição!

TRÊS – Sim, já vivi isso! Vou te contar. Caminhando qual gazela, saltitava nos campos. Olhei para um lado, verde, para outro, vermelho. Um vermelho intenso e quente. Sim... *Fogo*! Minhas fortes pernas fraquejaram, dores em meu estômago: sim, era fome! Pontinhos e mais pontinhos em minha frente: vermelhos, azuis e amarelos; frutas de todos os tipos. Investi sobre uma árvore e bingo: comi! Que alívio! Olho para o lado e vejo um leão, que coisinha mais linda! E que pena, ele gostou de mim. Para ele, eu era um pontinho cor de pele! E ele, coitado, me comendo, ingeriu todo o veneno que eu havia absorvido da frutinha que resolvera minha fome.

UM – Pessimistas! Vocês expulsam e ofendem a vida.

DOIS – Vocês que não vivem a realidade! Acham que podem parar a produção e abrir mão dos lucros por causa de um feriadinho de merda! Ficam por aí entregando nosso dinheiro a essas cidadezinhas turísticas. Eu queria mais que vocês todos se suicidassem.

TRÊS – Não posso acreditar. Que justificativa dá pra isso?

DOIS – O suicídio é o único bem dos fracos e sua porção merecida.

UM – Pois você deveria tomar sua porção hoje mesmo.

TRÊS – Mas é verdade: as folhas estão balançando e caindo antes da hora. Como as famílias estão se desfazendo antes da morte e os homicídios ocorrendo antes da própria vida. Isso merece uma investigação, descobrir as causas.

UM – Só falta essa, agora vem com papo de sociologia! Basta, decidamos logo, quem será a primeira a morrer!

DOIS – Acabemos logo com isso.

TRÊS – Eu acho que tem que ser a UM, já que falou no assunto.

UM – Tá bom, eu vou!

Berlinda um

(Jogam ela com violência sobre a mesa)

DOIS – Agora responda sem pestanejar

(Deslizam as facas sobre seu corpo, intimidando-a)

TRÊS – Cada deslize, *mon chéri*, significará perdas.

DOIS – Para seu próprio bem.

TRÊS – Por que água suja lhe incomoda?

UM – O que eu quero é apenas pureza. O limpo é agradável, o sujo me dá repulsa.

DOIS – Preferia morrer do que ser impura?

UM – Claro que sim!

TRÊS – Acredita que pode transformar, o sujo no limpo, o mendigo no patrão, a utopia em realidade, o ódio em paixão?

UM – Ódio é uma paixão! Que eu renego. O resto eu limpo, esfrego...

TRÊS – E se não sair?

DOIS – Está disposta a matar?

UM – Não, nunca!

TRÊS – Mas, o sujo não sai e você o detesta. Se ele não tem valor para você, terá algum valor para ele mesmo?

UM – Quem sou eu para julgar?

DOIS – Se prefere morrer, está disposta a matar a si mesma! Mas não suporta matar a fracassados?!

UM – Sim, posso suportar. Mas desde que eu mesma esteja limpa.

(Jogam nela um balde de água suja. Ela passa a mão sobre o corpo freneticamente, tentando se limpar)

DOIS – E agora?

TRÊS – Acha que passar a mão adianta?

UM – Me tirem daqui.

(Esfregam sujeiras em seu rosto)

DOIS – Qual é a *sua* sugestão?

UM – Acabem logo com isso!

TRÊS – Desistindo tão fácil! Não sabia que a pureza tinha essa fraqueza!

UM – De que vale a força? A sustentabilidade do vosso sistema é a poluição do limpo. Não basta viver na sujeira, tem que disseminá–la. Impor ela a tudo e a todos!

DOIS – O que então seria essa tal de sociedade? Você está é com medo de ser convertida! Mas não pode morrer, tem que ceder.

UM – Pois é a mesma coisa. Cedendo, estarei morta.

DOIS – Que ideais antiquados! Renasça para um novo pensamento! Um novo estado de espírito!

UM – Me matem, eu imploro!

(Jogam mais água suja, e a tiram da mesa, viva)

Berlinda dois

DOIS – Eu irei!

(Jogam-na na mesa com igual brutalidade.)

DOIS – Vamos, estou pronta. Nasci nesta cidade. Estou preparada para tudo.

TRÊS – Muito bem. Responda-me, o que sente ao cobrar por seus serviços sexuais?

DOIS – Não sinto nada! Tudo tem seu preço. Se dá e se recebe. Desde que assegurado por contrato bem definido.

UM – E quando se relaciona por amor, não lhe pesa ter que lidar com contratos?

DOIS – Por amor?! Pelo amor de Deus!

UM – Vai dizer que nunca se apaixonou?

DOIS – Esse termo é útil, às vezes.

(Começam a limpá-la. Balde com água limpa. Sabão e esponja)

DOIS – Parem com isso. Está me dando dor de cabeça. Esse cheiro me lembra minha avó!

TRÊS – Imagine que passeia por um campo. Passa na sua frente uma linda borboleta. Passarinhos cantam alegres. Quando se dá conta, percebe que não existem mais cidades. Não existem mais Estados, nem carros, aviões ou estádios de futebol. O que faria?

DOIS – Me mataria, com certeza.

UM – Então não é tão adaptável e forte quanto pensávamos! Não tentaria ao menos erguer muros?

DOIS – Quanto esforço e dedicação para que pudéssemos ter esse conforto, e a produtividade que alcançamos. Smartphones, laptops, laser, carros, armas, granadas, bombas, mísseis...

UM – E quando goza, no que pensa?

DOIS – Só gozo na frente do computador. A internet é maravilhosa aos meus sentidos. De tal maneira que a realidade "natural" nunca poderá reproduzir. O real é o puro estímulo. Até comerciais de cerveja me excitam.

TRÊS – Agora que está limpa, não sente nada diferente?

DOIS – Que piada! A sujeira está dentro de mim. Bebam meu sangue, o sabor é de enxofre. Comam a minha carne, é podre. Se atrevam a roer os meus ossos e eles cortarão as suas mandíbulas. Ser adaptável é isso.

(Afiam–se as facas. Passam pelo seu corpo)

DOIS – Finalmente, estou apaixonada. A morte é minha amada. Que seja dolorido o processo. Não se afobem, só peço isso, por favor. Quero curtir o momento. Cada segundo me é importante. Ouviram?

(Número um corta–lhe o pescoço)

Berlinda três

(TRÊS sobe em cima da mesa)

UM – Qual seu ideal?

TRÊS – Descobrir os seus.

UM – Conseguiu?

TRÊS – Sim. Foi fácil.

UM – Está satisfeita?

TRÊS – Claro.

UM – Ganhou o que com isso?

TRÊS – Nada.

UM – Declara–se culpada?

TRÊS – Não.

UM – Gosta de violência?

TRÊS – Não.

UM – E do trabalho?

TRÊS – Não.

UM – Prazeres?

TRÊS – Nunca tive a oportunidade.

UM – Estudou?

TRÊS – Isso sim. Pós–doutora pela USP.

UM – Satisfeita nisso?

TRÊS – Não.

UM – O que falta?

TRÊS – Tudo.

(Com a ponta da faca toca seu sexo)

UM – Gosta?

TRÊS – Sim.

UM – Incomoda?

TRÊS – Um pouco.

UM – Solte–se, meu bem.

(O estímulo com a faca continua e TRÊS goza intensamente)

UM – Quem é você?

TRÊS – Já não sei.

UM – O que sente?

TRÊS – O ar... Minha carne trepida. E eu acho que acreditaria em qualquer coisa que me dissesse. Pareço vazia, mas sinto um pulsar latejando aqui dentro.

(Passa a faca no corpo)

UM – Tem medo?

TRÊS – Não. Já me sinto preparada. Pode me matar.

UM – Morrer depois do gozo, não. Não posso permitir tão perfeita utopia. Aproprie–se desse momento, ele é seu. Tudo que viver a partir de agora será abaixo disso e em busca disso.

(Fim das berlindas)

SEGUNDA FACE DA PIRÂMIDE: MURO.

(A personagem DOIS, morta, continua no chão. As outras duas saem e retornam com carrinho de construção e tijolos. A TRÊS desenha o lugar da morta com giz, contornando seu corpo e o empurrando para o lado. Fazem uma construção durante todo o diálogo)

UM – O trabalho aqui vai ser grande!

TRÊS – Destruíram tudo. Mas esta casa servirá para nos encontrarem. Temos que ser rápidas.

UM – Não me apresse. Gosto de trabalhar no meu tempo, tranquila. E preste atenção no que faz, que não vou ficar consertando seus erros.

(Trabalham por um tempo e são interrompidas pelo som de uma batida de carro e depois sirene de ambulância)

UM – A cidade. Esse som me tranquiliza.

TRÊS – Cuidado o muro não pode ultrapassar a marca dos mortos.

UM – Não compreendo esses ditos populares.

TRÊS – Não é dito. É respeito. Foram eles que nos cederam lugar. Que criaram um mundo melhor para vivermos.

UM – Que arrogância essa, dizer o que é o melhor! Isso não me agrada. Se faremos isso juntas, tratemos de acertar esses conceitos.

TRÊS – Não existe convergência universal. Não ceda a esses instintos precários. Se idealiza viver, saiba completar a totalidade.

UM – Se falamos de números, temos uma igualdade. Mas se falamos de linguagens estamos separadas como o turco e o espanhol. Construir isso juntas remeterá a babel, e recriar essa geringonça não me interessa, sinceramente.

TRÊS – O que você quer então? Ser a Deusa de um novo mundo?

UM – Você ri de mim... continue a erguer seu muro. Eu te mostrarei... ouça...

(Sons de cantorias de igrejas evangélicas)

TRÊS – Esses sons ... ah, mais um pouco e eu enlouqueço.

UM – Acordes binários, melodias banais e ritmos bêbados. Cantam desafinados falando de Deus. Isso é coisa de quem não se escuta, e somos todos surdos.

TRÊS – E o cheiro que exala dessas valas, dos lixos, dos rios, dos moribundos...

UM – Calma, esses muros que estamos erguendo nos identificarão, sem dúvidas. Tenha calma.

TRÊS – Ficarei de fato calma se afastar teu muro dos mortos. Não está tomando cuidado! Quantas vezes vou ter que falar para você entender e construir seu muro pra lá?

UM – Quantas quiser, não tiro seu direito de falar, como não me privo de fazer como eu bem entender.

TRÊS – Aff... *(passa–se alguns minutos)* Lembra quando conversamos sobre ficção? Você me dizia: "é minha última tentativa, não permitirei mais que façam de minha vida suas novelas". Isso me soa ridículo. A ficção está tão esgotada! Até assentar esses tijolos parece que já esteve por aí em alguma peça e olha pra nós agora...

UM – Me deixe assentar os tijolos em paz, por favor.

TRÊS – Gostei da educação. É o que nos faz sempre, sempre, sempre... iguais. Pela última vez, afaste este muro dos mortos!

UM – Não.

(Com ódio, TRÊS, investe contra o muro da UM e o derruba. Se olham com raiva)

UM – Contra a minha privacidade, expus o cerne de meus conceitos. Agora se encontram abalados, por sua culpa! Anos para construir uma opinião visível e atraente, que pudesse me dar algum lugar. As ideias são minhas, não precisa concordar. Não me interessa se constrói a sua ao meu lado. Não me interessa se se afeta pelo passado. Seus mortos podem revirar, eu não me importo. Mas agora, o que me resta?

TRÊS – Se tivesse algum valor por trás disso, esse seu muro não se romperia com tanta facilidade!

UM – Você não pode se dar bem!

(A morta – DOIS – se levanta. Ambas olham fixamente para ela que calmamente se dirige para o muro ainda de pé. Tira os tijolos um por um. TRÊS tenta impedir, mas é detida pela UM)

DOIS – Quem são vocês duas?! Acham que farão alguma diferença? Muitas, muitas, como vocês, já vi e já destruí. É claro que essas construções se efetivam de um jeito ou de outro, é normal. Mas achar que isso as identifica *(risos)* é pretensão demais.

UM – Eu sou UM.

TRÊS – Eu sou TRÊS.

DOIS – O que eu estava dizendo? Vocês... nós... somos isso: números ou palavras, não sei.

UM – Esse cenário não nos ajuda em nada também.

TRÊS – Falta de orçamento!

DOIS – Acalmem-se. Não sejam patéticas! Não sabem que nuas ficam muito mais belas? Não precisam de muros.

TERCEIRA FACE DA PIRÂMIDE: PSICOSE.

(Três atrizes como crianças cantando)

“somos crianças
nascidas de mãe gentil
na infância aprendemos
a armar nosso fuzil”

(Sentando em uma grande bola de plástico colorida)

UM – Hoje na escola deu barraco geral.

DOIS – Conta!!

TRÊS – Conta!!

UM – Pegaram o diretor gay nos amassos com a professora de português.

(risos)

DOIS – Três crianças... posso contar???

(para a plateia)

UM – Conta!!

TRÊS – Conta!!

DOIS – Três crianças se suicidaram ao mesmo tempo no matinho atrás da quadra de futebol.

(risos)

TRÊS – No lanche serviram carne crua porque tinha acabado o gás.

(risos)

UM – E a reunião de pais e mestres, terminou em uma grande suruba!

(risos)

VOZ OFF – Muito bem. Vamos colocar ordem nisso, senão acharão que aqui é o Brasil. Vamos lá meninas. Vamos avançar no tempo. Já foram para a catequese aprender o amor com os padres, passaram pela escola, pela sala do diretor, pela casa dos vizinhos, já conheceram a intimidade de seus tios quarentões, já ganharam uns trocados como criadoras de conteúdo, barganharam notas com os professores na universidade, enfim, cresceram...

(As atrizes se desfazem da feição infantil e agora representarão a mesmo personagem, uma mulher adulta, em transe semi–psicótico, borderline*)*

UM – Por que viver? Sei que arruíno a vida de todos à minha volta; não posso levar essa carga pesando sobre os meus ombros. Sei que todos me odeiam. E estão certos... sim, certos. Eu reconheço – juro. Mas, se me dessem mais uma chance, só mais uma. Agiriam como se nada tivesse acontecido? Eu sei que conseguiriam. Mas vocês não querem! Por isso que tenho que me matar. Eu fico aqui me humilhando... forçando a situação. Tenho que dar um basta. Acabar logo com isso. Você acha que eu não tenho coragem? Tenho sim! Espere, espere... vai receber uma ligação no meio da madrugada com a notícia de minha morte.

DOIS – Chorará em meu enterro? Desesperadamente. Eu sei. Você ainda me ama! Seja sincero com você mesmo... e mais, se sentirá culpado de minha morte.

TRÊS – Quanto tempo levará para ter outro relacionamento? Prometa–me que não em menos de um ano.

UM – E só com uma mulher mais bonita do que eu.

DOIS – Olhe para mim! Sou bonita, não sou? Tenho grandes cílios, sou simpática, e minha voz é macia. Você sempre gostou de minha voz.

TRÊS – Não esqueça nunca dessa imagem, para que se lembre do que perdeu. Do que abriu mão.

DOIS – Do que jogou fora!

UM – Sim, o grande culpado. Sairá no jornal "Jovem linda de 27 anos se suicida com a foto do jovem marido na mão. Os mais próximos do casal dizem que ele simplesmente a abandonou apaixonada, desprezando–a...

DOIS – Que ele não levou em consideração seu problema psiquiátrico, ele estava plenamente consciente das consequências de sua atitude, agravando sua culpa."

TRÊS – Linda manchete de jornal! Querido, não cortarei os pulsos por você. Você não vale metade dos meus esforços. Se eu fizer algo, será apenas para que você não viva feliz pelo resto da vida. Vai aguentar o peso?

UM – Você vai pagar por me ter rejeitado! Ninguém nunca fez isso comigo, nunca!

DOIS – Com os meus namorados *eu* sempre terminei.

UM – Volte comigo para que eu possa terminar!

TRÊS – Ai sim! Você só tem que entender que não pode me dizer não!

DOIS – Eu não valho isso?

UM – Esse mísero esforço é demais para você?

TRÊS – Prefere ficar sozinho do que comigo?

DOIS – Me escute! Eu te amo. Ninguém nunca te amou mais do que eu. Pode ficar com outras mulheres, verá que o que temos entre nós não encontrará com nenhuma outra.

UM – Nosso beijo é perfeito! Nossas bocas se encaixam com naturalidade, a química nunca nos abandonou, ao contrário, se intensifica a cada dia.

DOIS – Não percebe que fomos feitos um para o outro?

TRÊS – *(amargamente)* Não... você preferirá me ver morrer no chão, com fraturas por todo o corpo, do que admitir que está errado. Eu te conheço, nunca me amou. Nunca amou ninguém.

UM – Como? Como consegue ser tão frio e calculista?

DOIS – Só te sirvo de inspiração, não é? Oportunista! Aposto que quando eu morrer usará essa bela história em uma de suas peças!

TRÊS – Mas lembre-se, eu tentei de tudo. Com todas as minhas forças. Sacrifiquei-me por você, me humilhei por você. Tudo porque quis te esquecer e não consegui. Quis deixar de te amar, como você deixou de me amar tão rapidamente. Mas eu não consigo.

UM – Por quê?

DOIS – Porque sei que estou errada. Que fui eu que estraguei tudo... mas por favor! Não me abandone.

UM – Eu mudei.

TRÊS – Sim. Eu mudei. Jamais faria o que te fiz. Conseguiremos encontrar o amor de novo. Eu prometo.

DOIS – *Eu* te conquistarei outra vez. Vou gostar do que você gosta: me ensine, eu sou adaptável.

UM – *Gozarei*, eu prometo. Apoiarei seu trabalho. Sim, eu sempre gostei dele.

DOIS – Apenas nunca consegui expressar.

TRÊS – Eu vejo que ainda me ama. Não deixe que isso se

apague por completo. Você vem me contar o que está fazendo, faz questão de que eu saiba das coisas que te importam.

UM – E como cuida bem de nosso filho!

TRÊS – Sim, temos um filho – não se esqueça.

UM – É o melhor pai que ele poderia ter.

DOIS – E o melhor marido para mim.

TRÊS – Eu poderei ser a melhor esposa – já melhorei, não percebe?

DOIS – Mas não adianta. Só perderá essa frieza quando te ligarem de madrugada.

UM – Acha que isso nunca acontecerá. Soberbo, altivo, sempre o certo de tudo e sobre tudo.

TRÊS – Mas você verá. E nunca mais esquecerá.

UM – Ou, esquecerá rápido de mim. Canalha! Não arranje outra sem esperar esfriar meu corpo!

TRÊS – Eu sei que não pude reconhecer e aproveitar o que tinha nas mãos.

UM – E agora que vejo – você não quer! Que ironia, não?!

DOIS – Dia dois de outubro de dois mil e nove.

TRÊS – Uma saudação para todos que ficam. Neste mundo não quero ficar. O mundo que foi criado em mim tampouco me agrada. Do meu ponto de vista, apenas amei demais.

A VIAGEM

"Toda alma individual, em suma, como toda máquina ou organismo individual, tem suas condições ideais de eficiência"

William James

Decidiu seguir viagem. O pneu não poderia estourar outra vez; ele, antes disso, haveria de encontrar um lugar para repor o *step*. Sempre que pensava desta forma, acontecia algo para mostrar que ele estava errado: e ele sempre estava errado.

A viagem não fora programada, como nada na sua vida e as reclamações intermitentes de Lu, ao seu lado, o lembravam de como é bom a solteirice. Mas não devia reclamar, estavam em boa fase – comparado ao resto. Acaba de anoitecer, com um ar adocicado. Na estrada iluminada criava histórias para não dormir.

Antes de sair de viagem, sua esposa o avisou:

"Não esqueça nada. As escovas, as malas. A bolsa preta vai, a verde não. Essa é para ficar."

"Por que a fez então?".

"Para não ficar tudo bagunçado, jogado por aí" – não carecia de resposta, apenas um olhar debochado.

A revisão do carro, a fez recentemente. O óleo trocado, a água no nível, entre outros detalhes, ok; mas o *step*, esqueceu de calibrar. Se a ideia verificá-lo sobreveio, foi devidamente soterrada depois que toda a bagagem já estava assentada no porta-malas, restringindo o acesso a ele.

Entrou no carro e esperou, esperou, esperou... daí aproveitou para sonorizar a viagem. Escolheu as faixas preferidas de Lu, não queria começar mal a viagem. Montando a *playlist*, se manteve ocupado.

Finalmente, Lu se apresentou, sorridente. Chapéu de palha, óculos escuros e batom vermelho, tudo que ele jamais imaginaria precisar em uma viagem noturna de quatro horas dentro de um carro. Deu a partida e entraram na madrugada.

"Esqueceu sua escova de dentes! Advinha? Peguei para você", diz soberba. Ele agradece e aumenta o volume da música, inibindo qualquer conversa.

Após duas horas de estrada o pneu furou e, graças a Deus, Lu dormia profundamente, livrando-o das críticas e das inoportunas dicas sobre como efetuar a troca.

O carro assim que renovado seguiu pelas curvas flácidas, o vidro dianteiro, de terceira linha, adicionou um efeito psicodélico às luzes do farol. O volante, esfarelando nas mãos, tendia para o lado do pneu recém trocado. Volvia lentamente o volante e as rodas seguiam desalinhadas. Como a vida, que ele desejava sem sentido, pois a corda bamba do sentido o joga em constantes indecisões. Sentia-se em um paredão, fuzilado com balas que atravessam seus sentimentos – sem interrupção. E foi observando os fragmentos de borracha soltos do volante, os pedaços de pneus nos cantos da via, que lembrou de sua vida com Lu, agora dormindo e babando.

Diminuiu a velocidade do veículo e parou no acostamento. Km 75. Lu dormia profundamente no banco da frente. No relógio, duas da manhã. Abriu a porta para sair do carro e, como um cão desajeitado, caiu escorregando nos pedregulhos. Ao se levantar, limpou os joelhos e livrou das mãos as pedras pontiagudas que entraram na sua carne. Abriu o porta-malas e foi tirando a bagagem e colocando no chão: travesseiros, malas, sacolas e chinelos. Então retira do fundo do porta-malas um volante novo, ainda na caixa.

Precisava agora das ferramentas, que encontra no banco de trás em uma maleta. Removendo o banco do motorista obteve o espaço necessário para o desmonte do volante. Com destreza, efetuou a substituição do antigo pelo novo. Testou-o com satisfação; e se pôs a colocar o banco, as ferramentas e as bagagens no lugar. Deu seta e retornou à pista.

Curvas, vozes e o relógio marcando as três; às vezes ele acreditava ouvir a voz de Lu, mas ela dormia. Suas mãos agora pousavam confortáveis na direção. Então percebeu o silêncio, não havia colocado música, e sobreveio a ele uma vontade irresistível de falar. *Será que ela escutaria e compreenderia o que falo enquanto dorme, no inconsciente? O que se fala com quem dorme?* Quem sabe falar sobre o volante novo, recém trocado, que agora amaciava suas mãos. Falou, falou e falou uma hora sem parar e ela nada de acordar e o relógio marca quatro horas.

A estrada, cada vez mais esburacada e sinuosa. O caminho não era aquele, sem dúvidas. Precisou se desligar da estrada: não podia perder o *fio da meada* de sua conversa com Lu. Os assuntos eram importantíssimos. Já falara de dicas diversas para manter uma casa em ordem, de como fazer compras no mercado de maneira econômica, buscando e comparando itens em mais de um mercado, falou das conjecturas sobre as mudanças climáticas e como afetaria o setor agrícola, falou sobre a sua sogra e mania dela de jogar as insatisfações da sua vida inteira em cima dele etc. Os assuntos se intercalam de acordo com as curvas da estrada.

Agora, uma coisa o preocupa. Avista uma bifurcação adiante na estrada e precisa decidir o caminho até chegar nela. O desespero o obriga a interromper a conversa. Mas logo a intuição aponta a solução: se guiaria pela lua. *Sim, essa regra deve servir para todas as bifurcações que desde agora eu encontrar pela frente.* Seguiu assim na direção lunar e retomou a conversa do ponto que parou.

Com os primeiros raios de sol inaugurando o dia, inesperadas luzes azuis se tornaram visíveis. E a vegetação ao redor da estrada, em vez do verde costumeiro, resplandecia azulada. Sua atenção capturada pela paisagem, o trouxe também a percepção de que o pneu do *step* não existia mais, o carro se lançava adiante na pura roda, sob sons metálicos ensurdecedores. Lu dormia e ele continuou a falar.

O asfalto à frente parecia acabar e, em seu lugar, surgiu uma via de pedras redondas e lisas, na grande maioria roxas – que combinavam com seu volante novo. Mas sobre as pedras, o carro solavanca demais, se retorcendo parece começar a desmontar. Então ele decide verificar o que pode ser feito.

Parou, se espreguiçou, abre a porta e sai do carro: escorrega nas pedras lisas e cai com as mãos ao chão. Se levanta e limpa as mãos levemente ensanguentadas, de sangue roxo. Olha a roda totalmente corroída, sem vestígios de borracha. O melhor é aliviar o carro. Abriu o porta-malas e passou a tirar, item por item, chinelo atrás de chinelo – não se lembrava de tantos, contou quinze pares. Desceu toda a bagagem e deixou-as no acostamento. Agora estava mais leve.

Entrou e seguiu viagem. Encerrou a conversa para não pesar mais o carro. O sol tímido e as cores azuladas gelavam o planeta ao invés de aquecer. Os vidros todos embaçaram. Ao abrir as janelas um cheiro de anis invade o carro e seus olhos ardem como pimenta. Grandes borboletas atravessavam a estrada. Que tamanhos extraordinários! Precisou manobrar para não bater em uma delas, o acidente poderia ser fatal. Lu dormia, *graças a Deus*. Outro pneu acabou, restam dois. A frente avista uma pequena placa: Km 8JJ*9.

Novos caminhos, novas perspectivas. Tinha de transmitir isso a Lu. Então, com cautela, voltou a falar. Elaborou discursos metódicos e os contrapôs a ideias ensaiadas livremente. Intercalava o estilo de acordo com os assuntos. Na estrada, as pedras que predominavam, neste momento, eram lisas e chatas, menos arredondadas que as anteriores, e acima delas se acumulava uma espécie de lodo. Cada vez mais borboletas se misturavam com a paisagem.

O carro deslizou. A estrada agora foi absorvida por uma fina camada de água. Irrompe outro pneu, mais outro, e o carro se torna bravo. Cauteloso, encosta na beira da via. Contorna o veículo, abre a porta do passageiro e desengata o banco em que sua esposa dorme. Retira o banco com cuidado, juntamente com Lu, sem a acordar, colocando-o sobre a fina camada de água, ao lado da via. Abre as quatro portas, o porta-malas e se desfaz das caixas, dos tapetes e de todo o estofado. Deposita-os na beira da via. Retira sua própria roupa do corpo até ficar nu e as deixa sobre as águas.

Agora sim, leve. A água correrá suave por entre as rodas metálicas. Nu, diante dos raios gélidos do sol, segura com firmeza o volante novo e pela estrada de água seguirá até o fim da viagem, deslizando.

www.laranjaoriginal.com.br

Edição Filipe Moreau
Projeto gráfico Marcelo Girard
Imagem de capa Bruno Kurru
Produção executiva Bruna Lima
Diagramação IMG3

Dados Internacionais de Catalogação na Publicação (CIP)
(Câmara Brasileira do Livro, SP, Brasil)

Cavito
Esboços naturais / Cavito. – 1. ed. –
São Paulo : Editora Laranja Original, 2024. –
(Rosa manga)

ISBN 978-85-92875-90-9

1. Contos brasileiros I. Título. II. Série.

24-230854 CDD-B869.3

Índices para catálogo sistemático:

1. Contos : Literatura brasileira B869.3

Eliete Marques da Silva - Bibliotecária - CRB-8/9380

Laranja Original Editora e Produtora Eireli
Rua Isabel de Castela, 126
05445-010 São Paulo SP
contato@laranjaoriginal.com.br

Fontes Janson e Geometric *Papel* Pólen Bold 90 g/m^2 *Impressão* Psi7 *Tiragem* 150 exemplares